Quart*buch*

Ein Provinzposaunist und ein hagerer Fremder sind die einzigen Zugreisenden durch die Nacht. Draußen die Welt, die Frauen, Wasserprälaten und exzessive Monster.

Drinnen begeht der brave Blasmusiker aus dem ländlichen Süden den schlimmen Fehler, mit dem hageren Gegenüber ein Gespräch anzufangen, in dessen Verlauf mehr als nur Überzeugungen verloren gehen: Am Ende steht der Posaunist in Unterhosen da, entsetzt aber glücklich vom Tyrannen befreit.

Tomeo schreibt über ein großes Thema: Wir sind einsam, und je tiefer wir die Welt ergründen wollen, um so fremder wird sie dem einsamen Forscher. Was aber, wenn der Einsame nichts so sehr herbeisehnt, als die liebestrunkene Vereinigung mit der ganzen Welt? Notfalls auch mit lebenslustigen Südländern, die Posaune blasen?

JAVIER TOMEO

Unterhaltung in D-Dur

Roman

Verlag Klaus Wagenbach
Berlin

Aus dem Spanischen von
HEINRICH V. BERENBERG

Unterhaltung in D-Dur

Die Abfahrtszeit war festgesetzt auf sechs Uhr nachmittags, und um viertel vor sechs war ich am Bahnhof. Am Fahrkartenschalter teilte man mir mit, außer mir habe nur noch ein einziger Reisender ein Billett für diesen Zug gelöst, aber das konnte ich mir einfach nicht vorstellen, und so sagte ich zu dem Mann hinter der Glasscheibe, schon gut, auf diese Weise könne ich eben bequemer reisen. Ich fand den Zug auf Gleis vier, und um fünf Minuten vor sechs stieg ich in den hintersten Waggon, in dem sich mein Abteil befand. Ein mehr zur Lokomotive hin gelegener Waggon wäre mir lieber gewesen, weil dort die Stöße und das Schwanken des Zuges weniger spürbar sind, aber ich wollte mich lieber auf den mir zugewiesenen Platz setzen, um zu vermeiden, daß mich später der Schaffner dazu nötigte, mich noch einmal umzusetzen.

Als er mich ins Abteil treten sah, faltete der andere Reisende, der offenbar schon vorher Platz genommen hatte, die Zeitung zusammen, in der er gelesen hatte, verschränkte die Arme und blickte zum Fenster hinaus auf den Bahnsteig, um mir zu verstehen zu geben, daß es ihm gar nicht recht war, das Abteil mit jemand anders zu teilen.

»Guten Abend«, sagte ich jovial. Aber der Mann wandte mir nicht einmal sein Gesicht zu, um mich wenigstens mit einer Geste zu begrüßen. Ich verstaute meinen Koffer im Gepäcknetz und nahm ihm gegenüber, am Fenster, Platz, mit dem Rücken zur Fahrtrichtung.

Ich ließ mich von der mürrischen Haltung dieses Individuums nicht verdrießen. Zu jener Zeit war ich ein extrovertierter Mensch – ein typischer, lustiger Südländer, wie einige meinten –, recht zufrieden mit mir selbst und voller Vertrauen in die persönliche Anziehungskraft und den guten Willen der anderen, sich auf einen Plausch einzulassen. Also wartete ich drei, vier Minuten und kaum hatte sich der Zug in Bewegung gesetzt, schnaufte ich heftig, machte ein paar Bemerkungen über das Wetter und sagte schließlich, ich heiße Juan M. und wenngleich ich auch zugeben müsse, daß sowohl der Name wie auch der Vorname recht gewöhnlich seien, so habe ich mich doch daran gewöhnt und sei inzwischen nie und nimmer mehr bereit, sie gegen andere von gewichtigerer Herkunft zu tauschen. Der Mann wandte mir jetzt sein Gesicht zu und verharrte, indem er mir geradewegs in die Augen blickte, als denke er über etwas nach.

»Ich bin übrigens kein Vertreter«, stellte ich klar, bevor er irgendeinen Kommentar dieser Art von sich zu geben wußte. »Immer wieder irren sich da die Leute. Selbstverständlich habe ich nichts einzuwenden gegen Vertreter, der Beruf erscheint mir im Prinzip durchaus ehrenwert wie viele andere, aber ich habe mir Genauigkeit zum Grundsatz gemacht. In Wahrheit bin ich Musiker.«

»Verstehe«, murmelte der Mann und atmete hörbar durch die Nase.

»Zugposaune in der Blaskapelle von J.«, präzisierte ich. »Meine Kollegen sind heute morgen mit dem Auto losgefahren, mit den Instrumenten auf dem Dachgepäckträger, und warten jetzt bestimmt schon in K. Ich reise lieber mit dem Zug. Wir spielen morgen Nachmittag im Armeekulturzentrum von K. Ein Platzkonzert mit Militärmärschen und Volkstänzen.«

Der Mann sah mir weiter geradewegs in die Augen und bemerkte, das sei bestimmt ein wichtiger Auftritt, aber ich war mir nicht ganz sicher, ob er im Ernst gesprochen hatte oder sich über mich lustig machen wollte. Dann meinte er ganz nebenbei, daß er bei dieser Gelegenheit zum ersten Mal von der Blaskapelle von J. zu hören das Vergnügen habe, und ob wir wahrhaftig Berufsmusiker seien.

In gewisser Weise freute ich mich über diese Frage. Ich zog meine Brieftasche hervor und zeigte ihm meinen Gewerkschaftsausweis.

»Hier, dieses Dokument beweist es«, sagte ich lächelnd.

Er ignorierte den Ausweis und blieb mit verschränkten Armen sitzen, ohne den Blick von meinen Augen abzuwenden, als wolle er mich von innen betrachten. Dann sagte er, diese Art von Beglaubigungen seien ihm vollkommen schnuppe, denn die ganze Welt sei voll von falschen Dokumenten dieser Art, und selbst gesetzt den Fall, die meinigen seien echt, so könne auch das ihn nicht sonderlich beeindrucken, denn schließlich und endlich erschiene es ihm nicht gerade bedeutend, daß sich jemand in einer vollkommen unbekannten Blaskapelle an der Posaune zu schaffen mache.

»Na, hören Sie mal«, rief ich aus, belustigt von dieser Art Aufrichtigkeit meines Gegenüber. »Was reden Sie denn da?«

Der Mann dachte eine Weile über eine Antwort nach, aber vielleicht dehnte er die Pause auch nur ein wenig aus, um mich zu beeindrucken. Schließlich sagte er, mit einem feinen Lächeln, das kaum seine Lippen kräuselte, ihm gefielen grundsätzlich keine Blaskapellen, noch weniger jedoch die Blasinstrumente.

»Besonders die Zugposaune«, meinte er, »erschien mir von je her als ein akustisches Mittel der zweiten Kategorie.«

Und um seiner Grobheit Nachdruck zu verleihen, fügte er dem noch hinzu, daß Symphonieorchester im Grunde auf das Blech verzichten könnten, desgleichen auf die Holzblasinstrumente, niemals jedoch auf die Saiteninstrumente.

Diese Worte gefielen mir logischerweise ganz und gar nicht, aber ich wollte mein Herz in keine Mördergrube verwandeln, und so behielt ich also weiter mein gut gelauntes Lächeln, als ob nichts gewesen wäre. Sehr schön, antwortete ich, ein jeder sei frei zu denken, wozu er Lust habe, ich jedoch sei weiterhin davon überzeugt, was immer er auch davon halten möge, daß Blasinstrumente im allgemeinen und Posaunen im besonderen auch ihre Tugenden hätten und daß sie, gefällig gespielt, im Orchester für elektrisierende Effekte sorgen könnten.

»Der Klang der Posaunen«, verkündete ich, indem ich seinem Vampirblick ohne mit der Wimper zu zucken standzuhalten versuchte, »ist stets edel und majestätisch. Bedenken Sie, daß es Wagner war, und nicht irgendein viertklassiger Musikus, der der Posaune ihren Platz im modernen Orchester gegeben hat.«

Er hob die Augenbrauen und fragte, wer Wagner sei. Als ich das hörte, fing ich an zu lachen und sagte, daß Wagner einer der größten Musiker der Geschichte sei, daß jedes Schulkind das wüßte und daß ich seine musikalische Ahnungslosigkeit sehr komisch fände, denn im ersten Moment, als ich ihn von Posaunen reden hörte, habe ich ihn für einen Sachverständigen gehalten.

»Immerhin«, so bemerkte ich, ohne mein Lächeln aufzugeben, mit dem ich ihn einhüllte, »jemand, der noch nie etwas von Wagner gehört hat, dürfte sich eigentlich nicht gerade besonders gut in der Musik auskennen.«

Der Mann ließ einige Augenblicke verstreichen und antwortete dann mit einem weiteren dieser messerscharfen Lächeln, daß ich vollständig im Irrtum sei mit meiner Vermutung, er verstehe nichts von Musik.

»Im Gegenteil«, so präzisierte er, »meine musikalischen Kenntnisse liegen weit über dem Durchschnitt.«

Und wie um mich zu überzeugen, daß er nicht übertrieben habe, verabreichte er mir eine tönende Lektion, des Inhalts, daß es Richard Wagner gewesen sei, der das Leitmotiv als verbindendes, die Dramatik der jeweiligen Situation umschreibendes Element des musikalischen Diskurses eingeführt habe.

Diese Mitteilung erstaunte mich derart, daß ich erst einmal stumm und mit offenem Mund dasaß. Ich sah mir diesen Mann scharf an und versuchte, ihn irgendwo unter die Leute einzuordnen, die ich bis dahin schon kennengelernt hatte. Alle Menschen ähneln sich irgendwie, und wenn man ein wenig an der Oberfläche kratzt, kommen am Ende stets die gleichen Schattierungen zum Vorschein. Mit ihm jedoch kam ich nicht ganz klar, und am Ende gab ich es auf, ohne ihn in ein Kästchen gesteckt zu haben. Er gestand mir jetzt, daß er sich vorhin einen kleinen Scherz erlaubt habe und daß er natürlich, wie ich soeben festzustellen die Gelegenheit gehabt hätte, über Wagner vorzüglich Bescheid wisse.

»Dennoch«, so fügte er hinzu, »ist mir, trotz allem, was Wagner darüber gedacht haben mag, der Klang der Posaunen verhaßt. Ich ziehe die Geigen vor.«

Ich bekannte, daß auch mir die Geigen gefielen – es gibt eigentlich kaum jemand, dem sie nicht gefallen –, aber ich wollte doch wissen,warum er solchen Widerwillen gegenüber Posaunen empfand.

Er erwiderte, er sei ein Mensch mit Vorlieben und Abneigungen. Ich könne ihn gern einer Psychoanalyse unterziehen und würde bei dieser Gelegenheit am Ende ein halbes Dutzend davon entdecken. Daraufhin gestand er mir aus heiterem Himmel, er hege eine unüberwindliche Abneigung Menschen gegenüber, die sich in ihrer Wichtigtuerei gefielen, vor allem, wenn die betreffenden Personen zu fett seien.

»Sie bereiten mir Übelkeit«, sagte er.

Ich stand zu jener Zeit wie man so sagt gut im Fleische, aber ich mochte nicht zu erkennen geben, daß ich seine Worte als Anspielung verstand. Anstatt mich zu ärgern, versetzte ich also, ich schätzte alle Menschen, die mit der Wahrheit nicht hinterm Berg hielten und sagten, was sie dächten. Er sei anscheinend, fuhr ich fort, soweit ich sehen könne, ein von Grund auf ehrlicher Mensch, und dazu könne ich ihm nur gratulieren.

Dann allerdings fuhr ich in leicht verändertem Tonfall – nicht allzu sehr, nur ein wenig – fort, indem ich hinzufügte, obwohl ich seine Ansichten respektierte, müsse ich doch für meinen Teil auf den Tugenden der Posaune insistieren.

»Sehr schön«, kam die Antwort, »dann beweisen Sie mir bitte diese Tugenden mit irgendeinem überzeugenden Argument.«

Ich antwortete, daß es nicht nötig sei, das zu beweisen, so wie es auch unnötig sei zu beweisen, daß die Sonne erwärmt oder das Feuer verbrennt, denn diese Dinge seien allgemein bekannt.

»Posaunen«, fuhr ich fort, »haben vielfältige Tugenden und ich glaube, ich muß mich nicht unnötig lange bei diesem Problem aufhalten. Aber selbst einmal angenommen, sie hätten sie nicht und wären, wie Sie sich auszudrücken beliebten, ein akustisches

Mittel der zweiten Kategorie, so würde ich das niemals zugeben, denn ich bin schließlich nicht so undankbar, mir in die eigene Suppe zu spucken.«

»Und wie man sieht, essen Sie zu viel«, sagte daraufhin dieser Mensch, kopfschüttelnd.

Das war eine unverschämte Bemerkung, aber ich war nicht so dumm, auf diesen Köder zu beißen. Es erschien mir klüger, das Thema zu wechseln, und so fragte ich ihn denn, ob es auch ihm, wie schon verschiedenen anderen Leuten, so vorkomme, als sei ich zu dick.

»Finden Sie das im Ernst?« rief ich. Und um ihn zu einer Antwort zu ermuntern, klopfte ich mir ein paar Mal auf den Bauch. »Finden Sie, daß ich mit ein paar Kilo zu viel herumlaufe?«

Der Mensch schwieg, strich sich mit seinem langen und spitzen Zeigefinger über die Augenbrauen und fuhr fort, mich mit seinem Raubvogelblick zu durchbohren. Für einen Moment preßte er seine Kiefer in einer Weise zusammen, daß die Muskelstränge zu beiden Seiten seines Halses hervortraten.

»Schauen Sie, mein Herr«, sagte er schließlich im Tonfall desjenigen, der sich entschlossen hat, ein für alle Mal die Dinge zurechtzurücken. »Sie waren so freundlich, mir die Gelegenheit zu einer Unterhaltung zu bieten, und ich möchte Sie nicht enttäuschen. Einverstanden, wir können uns unterhalten, auf diese Weise wird unsere Reise kürzer. Bevor wir jedoch fortfahren, möchte ich eines klarstellen.«

»Vorwärts, und legen Sie sich keine unnötige Zurückhaltung auf«, bat ich ihn gutgelaunt, »stellen Sie klar, was immer Sie wollen.«

»Zunächst einmal«, sagte er, kaum die Lippen bewegend, »fühle ich mich in höchstem Maße belästigt von Leuten, mit denen ein paar Quadratmeter zu teilen ich gezwungen bin und die mir obendrein ihre Gedanken mitzuteilen probieren. Können Sie mir folgen?«

Ich antwortete, daß ich ihm durchaus folgen könne, will heißen, daß ich ihn verstand, und er, um seine Grundsatzerklärungen abzuschließen, bezeichnete sich daraufhin als eine Art Robinson Crusoe, auf der Suche nach der für einen Schiffbruch am besten geeigneten Insel.

»Eine einsame Insel«, flüsterte er.

Und nachdem er mir all dies mitgeteilt hatte, schwieg er und wandte den Blick wieder zum Fenster hinaus, als hoffe er, die gesuchte Insel am Horizont zu entdecken.

Es war inzwischen halb sieben geworden. Und während sich allmählich der Sonnenuntergang ankündigte, eilte der Zug in der rötlichen Dämmerung durch eine unendliche Ebene. Eine Zeitlang sagte keiner ein Wort und ich nutzte die Stille, um mir zu überlegen, welche Haltung fortan am geeignetsten sein könnte. Die Unterhaltung mit jenem Individuum gestaltete sich alles andere als einfach, aber es erschien mir lächerlich (und darüber hinaus in gewisser Weise ungehörig), daß zwei Personen das gleiche Eisenbahnabteil miteinander teilen, ohne miteinander zu reden.

Also versuchte ich mir einzureden, daß alle Anfangsschwierigkeiten möglicherweise mit einer irrtümlichen Einstellung zu tun haben könnten, so daß es vielleicht am besten wäre, wenn ich mich, im Hinblick auf die Tugenden der Posaunen, nicht in einer allzu kompromißlosen Haltung verschanzte. Auch überlegte ich mir, um Wasser auf meine Mühle zu leiten – und hinter meiner Mühle, wohl verstanden, verbergen sich nichts als die Wasserräder der Herzlichkeit und der notwendigen Harmonie, die zwischen zwei Menschen guten Willens regieren sollte –, es empfehle sich das Geständnis, demzufolge meine wahre Zuneigung im Grunde den Violinen gehöre.

Also ließ ich ein paar Minuten verstreichen, rückte auf meinem Sitz hin und her, bis ich eine bequemere Haltung gefunden hatte und setzte die Miene desjenigen auf, der sich endlich dazu durchgerungen hat, das Gelände der vertraulichen Mitteilungen zu betreten.

Ich hüstelte jetzt ein wenig, um ihn aus seiner Selbstverlorenheit herauszuholen, und gestand ihm stockend, auch ich hätte einst um ein Haar mit dem Geigenstudium angefangen.

»Sie haben ganz richtig gehört«, sagte ich, »meine Eltern hatten die Absicht, mich im Konservatorium von G. einzuschreiben, aber die Ärmsten schafften es nicht. Sie erkrankten an einer Grippe, die sie beide innerhalb von nur fünfzehn Tagen dahinraffte. Das war vor dreißig Jahren. In nur zwei Wochen hatte ich mich in ein elternloses Kind verwandelt, und eine Tante steckte mich sofort in ein Waisenhaus. Da hat man mir dann das Posaunenspiel beigebracht. Mir blieb überhaupt keine andere Wahl. Verstehen Sie jetzt, wie die Dinge liegen?«

Ohne die Lippen zu öffnen, starrte der Mann weiterhin mit gerunzelter Stirn in die Landschaft. Was ich soeben gesagt hatte, schien ihn nicht besonders beeindruckt zu haben und ich lenkte ein, daß meine Geschichte gewiß nicht gerade einzigartig sei, daß Millionen durch die Welt liefen, die ähnliche Schauergeschichten erzählen könnten, daß ich ihm dies alles aber erzählt habe, um ihm zu demonstrieren, in welchem Grade das Schicksal eines Menschen von Faktoren abhänge, die sich jenseits der Reichweite seines Willens befänden.

»Und warum legen Sie dann nicht die Posaune beiseite und fangen an mit dem Studium der Violine?« fragte mich jetzt das Individuum.

Ich wußte keine Antwort, und als der Mann meine Verwirrung bemerkte, fügte er hinzu, es sei für mich die beste Lösung, denn das Leben sei zu kurz, um es mit Dingen zu verplempern, die uns nicht gefielen.

»Ein echter Mann«, flüsterte er, »darf sich nicht so leichtfertig von seinen liebsten Träumen verabschieden.«

Ich erwiderte, jetzt sei es zu spät, nicht nur für das Geigenspiel, sondern für vieles andere mehr, in gewisser Weise könne man mich schon als einen gescheiterten Violinisten bezeichnen, aber zehn Jahre früher, als ich mich noch für einen jungen Mann halten durfte, hätte ich gern meinen rechten Arm dafür gegeben, um Geiger zu werden. Als er das hörte, verfinsterte er sich noch mehr und mahnte, ich solle bitte nicht übertreiben.

»Sagen Sie mal«, fragte er mich in strengem Ton, »wie hätten Sie denn bitte Geiger werden wollen, mit nur einem Arm?«

»Da haben Sie recht«, antwortete ich, »einarmige Geiger, das haut nicht hin.«

Und dann gestand ich noch, manchmal könne ich einfach nicht anders als maßlos zu übertreiben, ein Defekt, den ich mit meinen Landsleuten teile, die ebenfalls als große Aufschneider gälten. Der Mann ließ mir meine Entschuldigungen nicht durchgehen und sprach jetzt von dem Unsinn, der dabei herauskäme, wenn wir allzu sorglos mit Metaphern fuchtelten. Dann kam er, bevor ich etwas erwidern konnte, abrupt auf die Blasinstrumente zurück und erzählte mir noch einmal, er finde Posaunen scheußlich, und es sei ihm völlig schnurz, was Wagner oder von ihm aus auch Sibelius darüber dächten.

»Wer ist Sibelius?«, fragte ich jetzt und beugte mich vor.

»Sibelius«, antwortete er, »hat gesagt, das Orchester, in seiner Gesamtheit, sei die Vollendung unter den Musikinstrumenten, und, obwohl es nicht über ein Haltepedal verfüge, könnten sich die Komponisten über diesen mißlichen Umstand hinweghelfen, indem sie von den Blechinstrumenten Gebrauch machten.«

»Oh ja, natürlich«, murmelte ich und verdrehte die Augen.

Dann sagte ich, er rede wie ein aufgeschlagenes Buch, eine Schmeichelei, die er keines Dankesworts würdigte; stattdessen fuhr er fort, mich mit seinem musikalischen Gefasel zu überschütten. Er erklärte, Sibelius sei im Grunde der gleichen Ansicht wie Wagner, will sagen, ihm zufolge könnten noch die gewagtesten Figuren der Saiteninstrumente oder der Holzbläser an Effekt gewinnen, wenn sie sich über einen klangvollen, von den Blechbläsern übernommenen Hintergrund, und seien es auch nur einfache Akkorde, erhöben. Dann erklärte er mir noch mit fast überschnappender Stimme, die Familie der Violinen sei um die Mitte des fünfzehnten Jahrhunderts auf der musikalischen Szenerie Europas erschienen, aber sie seien damals kaum über die Bedeutung der Zupfgeige hinausgekommen und hätten lediglich dazu gedient, bestimmte volkstümliche Spektakel zu begleiten.

»Und was wurde aus der Zupfgeige?«, fragte ich.

»Das, was eine Fiedel verdient«, antwortete er mit leicht verächtlicher Grimasse, »die nur drei Saiten hat und aussieht wie eine zu lang geratene Birne: Die Zupfgeige, mein Freund, brachte es gerade noch zu einem volkstümlichen Instrument, das nur hier und da in einigen ländlichen Gegenden halbwegs bekannt war.«

Nachdem er das gesagt hatte, betrachtete er von oben herab meinen Bauch, nickte ein paar Mal mit dem Kopf und verkündete mir daraufhin ohne Umschweife, ich hätte das Zeug zu einem vorzüglichen Zupfgeigenspieler gehabt.

Diese Anspielung auf meine bäuerliche Erscheinung gefiel mir ganz und gar nicht, und ich machte ein paar halbherzige Einwände. Ich sagte, er habe schon recht, und ich wisse selbst, daß ich wie einer vom Lande aussähe, aber das sei schließlich keine Schande, denn schon meine Eltern seien bescheidene, bäuerliche Menschen gewesen.

»Schließlich und endlich«, sagte ich: »Ehre die Deinen, dann ehrst Du Dich selbst.«

Und als Abschluß fügte ich noch hinzu, daß mir vielleicht aus eben diesen Ursprüngen heraus, eben gerade weil ich aussähe wie ein Kneipenbesitzer, Posaunen so gut gefielen – Posaunen, Volkstänze und Militärmärsche.

»Langsam, langsam«, rief er jetzt aus, »glauben Sie denn, daß Posaunen einzig und allein dazu da sind, um darauf Militärmärsche und Volkstänze zu spielen? Sind Sie im Ernst dieser Meinung? Ist es nicht vielleicht so, werter Herr, daß Sie über die Möglichkeiten Ihres Instruments selbst nicht ganz genau Bescheid wissen?«

Dann fuhr er fort, Posaunen drehten ihm den Magen um, aber dennoch konzediere er, daß sie mit ihrer Klangfarbe durchaus imstande seien, gewisse Gefühle zu wecken und eine geheimnisvolle, von Schmerz und Tragik schwangere Atmosphäre zu schaffen.

»Ich verstehe nicht«, seufzte er, während ich ganz perplex war, »wie jemand wie Sie behaupten kann, Posaunen seien ausschließlich für Volkstänze und Militärmärsche geschaffen.«

Ich antwortete, das habe ich so nicht gesagt, aber meine Einwände ließ er links liegen und erwog stattdessen die Möglichkeit, daß er über Posaunen weitaus besser Bescheid wisse als ich selbst. Ich lächelte tapfer weiter und forderte ihn auf, mir einige Eigenschaften der Posaunen aufzuzählen.

»Na los, erzählen Sie mir etwas, das ich noch nicht weiß«, bat ich.

Der Mann ließ wieder eine seiner Pausen verstreichen und als ich schon dachte, ich habe ihn zum Schweigen gebracht und es sei an der Zeit für ihn, sich für seine Angebereien zu entschuldigen, erklärte er mir nichts dir nichts, den Grundton einer Posaune zum Beispiel erhalte man lediglich bei geschlossenem Zug, und in früherer Zeit habe man Posaunen in allen Stimmlagen gebaut, und die heute gebräuchlichsten Posaunen seien die B-Posaunen sowie die Tenor- und Baßposaunen in F.

Wieder hörte ich mir mit offenem Mund seine Reden an und mir kam der Gedanke, ich habe es am Ende vielleicht mit einem Musiker zu tun, oder mit einem Professor am Konservatorium.

»Sagten Sie in B und F?«, fragte ich, um nicht wie ein Dummkopf zu wirken.

Er antwortete nicht, sondern ließ stattdessen schweigend den Blick aus dem Fenster und über die Landschaft streifen. Ich aber mochte mich nicht auf diese Weise abfertigen lassen und wiederholte, ich habe nicht behauptet, daß Posaunen einzig zur Begleitung von Volkstänzen und Militärmärschen da seien.

»Da Sie es nicht anders wollen«, erwiderte er daraufhin in heftigem Ton und blickte mir erneut geradewegs in die Augen, »so sage ich ohne Umschweife: Seit Sie durch diese Abteiltür gekommen sind, haben Sie nichts als Dummheiten von sich gegeben, eine nach der anderen. Dieser Zug ist leer, Sie und ich sind die beiden einzigen Passagiere. Sie hatten sämtliche Waggons mit sämtlichen Abteilen zu Ihrer Verfügung, fünfhundert Plätze, wahrscheinlich sogar noch mehr. Aber die Aussicht, zwei oder drei Stunden zu verbringen, ohne den Mund aufzumachen, konnte Sie wohl nicht verführen. Also haben Sie sich hier hereingesetzt, um mich zu einer idiotischen Unterhaltung zu animieren, in der treuherzigen Meinung, eine Konversation sei die einfachste Sache von der Welt. Sie erzählen mir, daß Sie weiß der Teufel wo Posaune spielen und meinen, das allein sei schon mehr als ausreichend, damit zwei Menschen, die sich überhaupt nicht kennen, im nächsten Augenblick Brüderschaft miteinander trinken. Na? Ist es nicht so? Das haben Sie doch gemeint? Vorwärts! Gestehen Sie!«

Ich wußte einfach nicht, was ich darauf entgegnen sollte. Der Mann erhob sich mit einem Seufzer und verließ das Abteil, bestimmt, um auf die Toilette zu gehen; ich blieb zurück und dachte darüber nach, was er gesagt hatte. Zugegeben, er hatte alles Recht dieser Welt auf seiner Seite, aber als er zurückkehrte, empfing ich ihn mit lieblichem Lächeln, appellierte im stillen an meinen südländischen Mutterwitz, der mir schon aus vielen kniffligen Situationen herausgeholfen hatte, und sagte, ich sei der Meinung, daß uns die Dinge ein wenig aus dem Gleichgewicht geraten seien.

»Aus dem Gleichgewicht, mein Herr«, beharrte ich, »und warum? Nun, ich weiß es selber nicht, und mir scheint, auch Sie wissen es nicht. Was Sie mir über die Posaunen erzählt haben, finde ich großartig. Sie haben Sachen von sich gegeben, die ich noch nie irgend jemanden habe sagen hören. Seien Sie mir also nicht böse, es lohnt sich nicht. Seien Sie mir nicht böse, und reden Sie lieber weiter von der Musik, von den Geigen zum Beispiel, oder, wenn Sie es vorziehen, von der Viola da gamba ... Über die könnte ich mich immer wieder kaputtlachen. Ich habe mich oft gefragt, was eine Viola mit Gambas zu tun hat.«

»Ich finde diesen Witz geschmacklos«, knurrte das Individuum.

Und wieder wandte er seinen Blick dorthin, wo eben die Sonne untergegangen war, und biß sich auf die Unterlippe.

»Aber warum um alles in der Welt heißen sie dann Viola da gamba?«, fuhr ich unverdrossen fort. Und ohne den Blick vom Horizont zu wenden, gab er mir den Rat, es sei besser, hier nicht den Witzbold zu spielen.

»Sie wissen ganz genau«, sagte er, »daß gamba das italienische Wort für ›Bein‹ ist. Das Instrument heißt Viola da gamba, weil der Interpret beim Spielen die Viola entweder auf den Boden oder auf das eigene Knie stützt.«

»Das hat mir auf dem Konservatorium kein Mensch beigebracht«, sagte ich.

»Wie? Sie haben ein Konservatorium besucht? Ich war eher der Meinung, Sie hätten sich das Posauneblasen per Fernkurs beigebracht.«

Das war als Demütigung gemeint, damit ich nicht weiter mit ihm redete und ihn in Ruhe ließ. Ich aber blieb ganz ruhig und gestand, daß man sich zum Posauneblasen nur ein paar wenige Dinge einprägen müsse.

»Jetzt reden Sie endlich vernünftig«, sagte er, »für Sie reichen die vier Grundrechenarten plus ein wenig Orthographie. Mit den Geigern hingegen verhält es sich anders. Die sind aus einem anderen Holz geschnitzt, mein Herr. Es ist eine Sache, durch eine Posaune zu blasen, aber eine ganz andere, einer Darmsaite köstliche Töne zu entlocken.«

In diesem Moment fuhr der Zug durch eine Art Graben, und im Abteil wurde es finster. Aber weder er noch ich machten Anstalten, den Lichtschalter zu betätigen. Einen Augenblick später jedoch entschied er sich, Licht zu machen, und als wir uns wieder in die Augen sehen konnten, ließ er mich wissen, das schlimmste seien nicht die Unterschiede zwischen Posaunen und Geigen, sondern die Tatsache, daß es Personen gäbe, die allen Ernstes der Ansicht seien, man könne Geiger und Posaunebläser über ein und denselben Kamm scheren.

»Mit anderen Worten«, fuhr er fort, »ich finde es nicht zulässig, daß Aristokraten und Blechnapffresser denselben Gesetzen unterstehen.«

Ich fragte ihn, ob er mich vielleicht für einen Blechnapffresser hielt, aber er wollte darauf partout nicht antworten, was letzten Endes nichts anderes bedeuten konnte, als daß er mich für einen Blechnapffresser vom Scheitel bis zur Sohle hielt. Dann schlug er noch vor, wir sollten doch, anstatt uns mit persönlichen Dingen zu befassen, lieber weiter über Musik reden.

»Einverstanden«, sagte ich, »erzählen Sie mir mehr über Violinen.«

»Das ist aber nicht ganz ungefährlich«, warnte er mich.

»Was soll daran gefährlich sein?«, fragte ich.

»Wenn wir weiter über Geigen reden, könnte es passieren, daß Sie einen Horror gegenüber Posaunen entwickeln. Möglicherweise schämen Sie sich am Ende sogar für ihre Genossen von der Blaskapelle.«

»Ich fürchte, es fängt schon an«, murmelte ich und nickte deprimiert.

Jetzt riß der Mann seine Vampiraugen unverhältnismäßig weit auf und bannte mich mit einem stechenden Blick.

»Sind Sie überhaupt vorbereitet«, fragte er, »auf eine so überstürzte Purifikation?«

»Wir können es ja wenigstens versuchen«, antwortete ich, »jedenfalls tragen Sie die Schuld für alle Folgen, und nicht ich.«

Er fragte mich noch einmal, ob ich nur so daherrede, und ich versicherte ihm, alles sei ganz ernst gemeint. Seine Miene entspannte sich, er erwog die Möglichkeit, daß wir uns am Ende vielleicht sogar vertragen könnten und verkündete mir schließlich, es sei, was immer ich auch darüber dächte, vielleicht doch noch nicht zu spät für mich, mit dem Studium der Violine zu beginnen.

»Zunächst einmal werde ich Ihnen jedoch ein paar Fragen stellen«, fuhr er unvermittelt fort. »Erste Frage: Woran erinnern uns Geigen, bevor wir überhaupt den ersten Ton vernehmen? Was suggerieren uns ihre köstlichen Umrisse?«

Ich antwortete, das wisse ich nicht, und er faßte sich, entsetzt über so viel Ahnungslosigkeit, an den Kopf.

»Na, na, denken Sie einen Augenblick nach. Beschwört nicht schon der Geigenkasten den Körper eines Mädchens in heiratsfähigem Alter, den Körper einer Maid, die noch nicht die Schmerzen dieser Welt gefühlt hat?«

Ich stimmte zu, aber lediglich mit einer Kopfbewegung, denn ich gehöre nicht zu der Sorte von Besessenen, die ständig über Frauen reden.

»Nun, mit den Violinen ereignet sich etwas ganz ähnliches wie mit den Frauen«, ging es weiter, »denn auch sie verändern sich mit den Jahren.«

Ich wandte ein, daß auch die Männer sich ändern, aber er zuckte nur mit den Schultern, so als ob Männer ihn nicht im mindesten interessierten, und erklärte mir dann, in früheren Zeiten sei der Baßbalken der Violinen noch nicht so dick und schwer gewesen wie heute.

»Was ist denn das, der Baßbalken«, schrie ich, während der Zug über eine eiserne Brücke polterte.

»Der Baßbalken«, fuhr er fort, und hob ebenfalls seine Stimme, um den Lärm zu übertönen, »ist das Stück gegenüber der Seele des Instruments.«

»Wollen Sie mir weismachen, daß Geigen eine Seele haben?«

Daraufhin setzte er mir auseinander, die Seele sei ein kleines zylinderförmiges Stück Holz, das sich im Inneren des Instruments befände, die beiden Dekken miteinander verbinde und die Vibrationen von der einen auf die andere übertrage. Dann sagte er noch, die Tonqualität einer Violine hänge einzig und allein von diesem Stück Holz ab, und mir fiel die Beobachtung ein, mit den Menschen passiere ganz etwas ähnliches, denn auch ihr Wert hänge ab von der Qualität ihrer Seelen.

»Vorausgesetzt natürlich«, präzisierte ich, »daß sie überhaupt eine haben, ein Seele, meine ich.«

»Glauben Sie denn nicht einmal an Ihre eigene Seele?«, fragte er und strich sich mit der Kuppe seines Zeigefingers über die Nase.

Ich antwortete, ich würde ja gerne daran glauben so wie an andere Sachen auch, für die einem der Glaube abhanden gekommen sei. Aber es falle mir mit jedem Tag schwerer, und schuld daran sei gewiß das Fernsehen. Ich gab dem Fernsehen die Schuld, das mit dieser ganzen überaus schwerwiegenden Angelegenheit nicht das mindeste zu tun hatte, damit er mir sagte, ich rede Unsinn und ich dann dem Gespräch eine andere, weniger kompromittierende Richtung geben könnte.

Aber er biß nicht an, und anstatt mir entgegenzuschleudern, es sei absurd, dem Fernsehen die Schuld zuzuschieben, sagte er, meine Glaubensschwäche resultiere aus der Tatsache, daß ich ein halbes Leben damit verbracht hätte, Posaune zu spielen.

»Die edelsten Ideen und Gefühle«, erklärte er, »werden dabei im wahrsten Sinne des Wortes weggeblasen.«

»Da haben Sie vielleicht recht«, gab ich zu.

»Jedenfalls«, sagte er dann, hörte endlich auf, sich an der Nase herumzufummeln und senkte die

Stimme, als fürchte er, es könnte uns jemand belauschen, »wenn Sie wahrhaftig Geiger werden möchten, müssen Sie schon an Ihre Seele glauben, auch wenn Sie sie nachher dem Teufel verkaufen.«

»An den glaube ich auch nicht«, seufzte ich.

»Und, woran glauben Sie überhaupt?«, fragte er mit matter Stimme.

»Keine Ahnung«, flüsterte ich.

Dieses Mal sparte er sich einen Kommentar. Wahrscheinlich war es nicht das erste Mal, daß er diese Antwort hinnehmen mußte. Er wandte sein Gesicht wieder zum Fenster und berührte das Glas mit dem Kopf, gewissermaßen bot er der Nacht die Stirn.

»Und wenn nun morgen die Sonne nicht mehr aufginge? Sollte dies der letzte Sonnenuntergang sein, den die Menschheit erlebt?«

Die Stimme versagte ihm und für einen Augenblick fürchtete ich, er könne in Tränen ausbrechen. Ich hielt es deshalb für besser, das Gespräch wieder auf die Geigen zurückzubringen, denn ich hatte keine Lust, das Taschentuch für ihn zu spielen. Also stellte ich die Frage, woher er so viel über Geigen wisse, und der Mann redete durch sein Schnupftuch, das er aus der Tasche hervorgeholt hatte, er könne mir noch von ganz anderen Instrumenten erzählen, herrlich wie Geigen, wenn auch nicht so bekannt.

»Vom Turé zum Beispiel, den die Eingeborenen am Amazonas erklingen lassen, oder vom Juripari der Indianer vom Rio Negro, auf dem nur Jünglinge spielen dürfen, die sich zuvor mit Fasten und

Geißeln einem reinigenden Ritual unterzogen haben.«

»Das mit dem Fasten hat bei mir keinen Zweck«, unterbrach ich ihn und klopfte mir auf den Bauch.

Meine Absicht war, ihn mit meiner Wampe zu becircen, damit er die wichtigen Angelegenheiten vergaß, aber er gab keinen Kommentar. Ich erhob mich, bat um Entschuldigung und trat hinaus auf den Gang, um die Toilette aufzusuchen. Fünf Minuten später kam ich zurück und überraschte ihn dabei, wie er abwechselnd die Hände öffnete und zusammenballte. Jetzt bemerkte ich, daß er riesige Hände hatte, mit leicht gekrümmten Fingern. Ganz und gar nicht die Hände eines Geigers. Bevor ich mich setzen konnte, wandte er sich überstürzt an mich, als ob er es furchtbar eilig habe, und meinte, ein Mensch, wenn er nur guten Willens sei, verfüge über eine beträchtliche Spannweite tönender Möglichkeiten, um seine Gefühle auszudrücken.

»Ich versichere Ihnen«, sagte er, »Sie haben es nicht nötig, auf die sündigen Posaunen zurückzugreifen, die Sie Ihres Glaubens beraubt haben.«

»Ob Sie's glauben oder nicht«, versetzte ich, »aber gerade eben, auf der Toilette, ist mir plötzlich alles ganz klar geworden.«

Er fragte mich, was mir so klar geworden sei, und ich verkündete, es sei eine beschlossene Sache: Ich wolle das Violinspiel erlernen.

»Es ist nie zu spät, wenn die Sterne günstig sind«, seufzte ich.

»Vorsicht«, warnte er, »überstürzen Sie nichts. Eine Toilette, so will mir scheinen, ist nicht unbedingt der geeignete Ort, um Pläne für die Zukunft zu schmieden.«

»Oh doch! Geiger muß ich werden!«, rief ich und ballte die Fäuste. »Ich wünsche es mir mit ganzer Seele.«

Die Frage kam, ob ich inzwischen an die Seele glaubte, und ich erwiderte, ich sei bereit an alles zu glauben, was der Verwirklichung meiner Träume förderlich sei.

»Zum Teufel mit den Posaunen!«, rief ich.

Er mußte eigentlich merken, daß ich nicht im Ernst redete, aber er tat so, als glaube er mir alles aufs Wort und spielte die Farce mit.

»Einverstanden«, sagte er. »Dann verabschieden Sie sich zuerst von Ihrer Blaskapelle und schreiben Sie sich dann auf dem nächstbesten Konservatorium ein. Werden Sie Geiger. Erheben Sie sich über Ihre Sünden.«

Er war bis jetzt einigermaßen ruhig geblieben, aber nun erregte er sich langsam immer mehr. Er packte mich bei den Schultern, starrte mir in die Augen – es war nicht leicht, seinem Blick standzuhalten – und behauptete, er sehe mich bereits, mit Frack und Fliege, im gleißenden Rampenlicht einer Konzertbühne.

»Lieber Freund!«, rief er, »Sie haben sich in einen berühmten Virtuosen verwandelt, die besten Impresarios der ganzen Welt reißen sich um Sie! Begreifen Sie, wie leicht plötzlich alles ist?«

»Ganz leicht«, sagte ich.

»Heute aber ist der Tag, an dem Ihre Stradivari einzig für Sie erklingen soll, ganz allein müssen Sie sein mit der Stimme dieses Engels, eingeschlossen in den wundersamen Schrein aus edelstem Holz. Verlieren Sie keine Zeit! Heraus mit der Geige aus Ihrem Kasten! Fangen Sie an! Nehmen Sie Ihr Madrigal in Angriff! Na los, wird's bald!«

Ich begriff, daß es nicht ratsam gewesen wäre, ihm in diesem Moment nicht zu gehorchen. Also stand ich auf, zückte mit der linken Hand eine unsichtbare Violine und begann den Bogen zu streichen, der im übrigen genau so unsichtbar blieb wie die Violine.

»Tara, rarara, ta, rarara!«, flüsterte ich.

Und dann schwieg ich, um zu sehen, wo das alles endete.

»Oh ja!«, donnerte er weiter, mit seltsam dröhnender Stimme, während er sich mit der rechten Hand an die Herzgegend faßte. »Die feierliche Stunde der Dämmerung bricht herein, hinter Ihnen sinkt die Sonne, während Sie, nach mühevollem Aufstieg, den höchsten Punkt des Gestades erklimmen. Sind Sie überhaupt imstande, dies alles zu begreifen, mein Freund? Ihnen zu Füßen intoniert das Meer eine barbarische Symphonie, die Wogen schmettern auf die Felsenriffe und durch das tosende Geheul des Orkans erreicht Sie das Wehklagen von tausend und abertausend Schiffbrüchigen, die einzig von den Arpeggien Ihres herrlichen Instruments Rettung erhoffen.«

»Ja, ja! Jetzt höre ich sie!«, rief ich, schaute dabei verstohlen auf meine Uhr und überschlug die Zeit, die noch blieb, bis der Zug den nächsten Bahnhof erreichen mußte.

»Auf, mein Freund, fassen Sie sich ein Herz! Widerstehen Sie dem rasenden Sturm, der Sie im Fluge mit sich zu reißen droht. Weichen Sie keinen Zentimeter! Sie allein sind es, Sie, der neue Apostel, der jene dämonische Stimme zum Schweigen verdammt! Spielen Sie! Spielen Sie doch!«

»Tararara, tarara, tarara«, brummte ich, und mir fiel ein, daß wir ja die einzigen Reisenden waren, daß also kein Zeuge unser irrsinniges Treiben beobachten konnte.

Wieder konnte ich beobachten, wie er sich ans Herz faßte, als würde ihn im nächsten Moment ein Infarkt niederstrecken.

»Oh, mein geliebter Luis!«, rief er, indem er den Knoten seiner Krawatte lockerte, »welch ein Trost, dieser Anblick Ihrer Silhouette, wie sie sich gegen einen von Haß und Selbstsucht geröteten Himmel abzeichnet, den ernsten Blick auf das grenzenlose Reich entfesselter Leidenschaften gerichtet! Geadelt durch eine Schönheit, die nicht von dieser Welt ist, strotzend von Jugend und Mannhaftigkeit, heben Sie an, der Violine das süße Echo ihrer Töne zu entlocken, und schon beim Klang der ersten Akkorde ergibt sich Ihnen bedingungslos der Ozean. Ihre Melodie, mein herrlicher Luis, taugt nicht für menschliche Ohren, einzig die reinsten der Herzen sind imstande, sie in ihren Träumen zu vernehmen! Ja, oh ja! Sie haben sich aufgeschwungen zum planetarischen Menschen, den das gesamte Universum umkreist! Satans Haupt und die tausend Krokodile mit Fledermausflügeln in seinem Gefolge sinken geschlagen zurück in die

Tiefen der Meere, von wo sie niemals wieder auftauchen werden.«

Ich fragte mich, wo er wohl diese Art der Deklamation aufgeschnappt haben mochte. Nachdem er seinen Vortrag beendet hatte, blieb er mit geschlossenen Augen aufrecht stehen, während ein schwaches Lächeln seine Lippen umspielte, so als genieße er den Ausblick auf irgendeine Landschaft, die zu sehen nur ihm beschieden war.

Währenddessen brauste der Zug durch die Nacht. Nach ein paar Minuten, die mir unendlich lang vorkamen, setzte der Mann sich wieder hin, möglicherweise hatte ihn auch einfach ein scharfes Abbremsen der Lokomotive auf die Bank zurückgeworfen. Wieder schloß er die Augen, und wieder begann er krampfhaft die Hände auf- und zuzumachen.

»Oh süße Violinen der Jugendzeit!«, seufzte er.

Mir fielen jetzt meine Kameraden aus der Blaskapelle ein, und ich hätte am liebsten losgeheult. Aber stattdessen kniff auch ich die Augen zu und zwang mich, an Dinge zu denken, die nichts mit dem zu tun hatten, was um mich herum geschah.

»Oh ihr köstlichen ungarischen Geigen!«, rief er wieder, und durch meine zusammengekniffenen Augenlider konnte ich erkennen, wie er sich mit beiden Händen ans Gepäcknetz hängte.

Einen Augenblick später freilich war ihm anscheinend aufgefallen, daß ich eingeschlafen sein müßte, und er versetzte mir einen Stoß an der Schulter. Er wünschte zu erfahren, wie mir seine Rodomontade gefallen habe und ich erwiderte, er rede wie ein Engel, nur hätte ich keine Ahnung, wer dieser Luis sei, von dem in der Ansprache die Rede gewesen war. Daraufhin stand er auf und machte das Licht aus.

»Wieso heißen Sie nicht Luis?«

Das wisse ich selber nicht, war meine Antwort, aber mein Name sei das jedenfalls nicht. Ich erinnerte ihn, daß ich Juan heiße, das sei der Name, auf den man mich getauft habe, und das sei auch der Name, mit dem ich mich ihm vorgestellt habe.

Eine Entschuldigung hielt er nicht für nötig. Nur ein lautes Schnaufen ließ er hören. Schließlich meinte er, sein Fehltritt erscheine ihm nicht besonders schwerwiegend, und da Juan nun einmal mein Name sei, so heiße er Dagoberto.

»Namen spielen schließlich nicht so eine Rolle wie die Dinge selbst«, sagte er noch.

Ich fragte ihn, ob er auch die Menschen für Dinge hielt, und erhielt die Antwort, wenn ich das Zeitliche segnete und ich vor dem Allerhöchsten erscheinen müsse, so frage der mich bestimmt nicht, wie ich heiße. Er wolle einzig und allein wissen, was ich getrieben habe auf dieser Welt.

»Da haben Sie recht«, gab ich zu und begann wieder zu lächeln, damit er nicht auf die Idee kam, ich könnte mich beleidigt fühlen.

»Na, und was werden Sie dann erzählen?«, fragte er augenzwinkernd und mit drohendem Zeigefinger. »Was für Ausreden tischen Sie ihm auf? Werden Sie ihm erzählen, Sie hätten ihr Leben damit verbracht in einer Blaskapelle die Posaune zu geben?«

Ich bejahte, so etwas ähnliches würde ich wohl vorbringen, allerdings ohne mich dabei in Einzelheiten zu verlieren. Und während die Lokomotive einen Pfiff ertönen ließ, als rufe sie um Hilfe, fügte ich hinzu, ich würde dem Allerhöchsten vielleicht noch anvertrauen, daß ich eines Tages, im Verlauf einer unvergeßlichen Reise, unversehens das Wunder meiner Bekehrung erleben durfte.

Wieder schnaufte er hörbar und fragte mich in verändertem Ton, warum ich unsere Reise für unvergeßlich halte. Diese Frage stellte er triumphierend wie ein Polizist, der den Verhafteten endlich bei einer widersprüchlichen Aussage erwischt hat. Dann sagte er, seiner Meinung nach gebe es nur wenige Dinge auf dieser Welt, die man einfach nicht vergessen könne und die nicht früher oder später in der Rumpelkammer landeten.

»Wieso sind Sie der Meinung, dies sei eine unvergeßliche Reise?«, fragte er wieder, »nur, weil wir im Dunkeln reisen, und ich Sie dazu nötige, sich auf nicht vorhandenen Violinen zu versuchen?«

»Ha, ha! Wie recht Sie haben!«, rief ich. »Keine schlechte Frage! Warum wollen Sie unbedingt im Dunkeln reisen? Sie sehen ja selbst wie die Dinge liegen: Wir sind die beiden einzigen Reisenden im ganzen Zug, und dennoch ziehen Sie es vor, mich nicht zu sehen oder nur meine Silhouette, was auf dasselbe hinausläuft. Ein bißchen witzig ist das schon, finden Sie nicht?«

Dagoberto machte eine widerstrebende Gebärde und versank in Schweigen. Nach einer ganzen Weile begann er wieder zu sprechen und sagte, er finde es entspannend, im Dunkeln zu reisen; einer seiner Freunde, Dichter wie er selbst – noch einer jener verkannten Poeten –, habe gesagt, in der Dunkelheit schlage stets das Herz einer unbestimmten Größe.

Es war das erste Mal, daß er sich als Dichter bezeichnete, aber ich erfuhr nicht, ob er sich tatsächlich als Dichter im buchstäblichen Sinne betrachtete, also als einen, der Gedichte schrieb so wie ich Posaune blies, um damit seinen Lebensunterhalt zu verdienen, oder ob sich sein Dichtertum auf eine simple poetische Sicht des Lebens beschränkte. Mir kam auch der Gedanke, er könne ein Musik-Poet oder ein dichtender Musiker sein, aber ich traute mich einfach nicht, ihn um eine Erklärung zu bitten und schwieg.

»Im Dunkeln zu reisen«, bemerkte er nach einer ganzen Weile, »erlaubt einem, sich die wunderbarsten Reisebegleiter heraufzubeschwören.«

Ich stimmte zu, ja, da habe er ganz recht, aber irgendetwas fuhr ihm gleich wieder in den falschen Hals und er warf mir vor, ich sei zu fett.

»Eben deshalb reise ich lieber im Dunkeln«, sagte er, »um mir diesen Anblick zu ersparen. Wenn Sie Geiger werden wollen, Freundchen, dann müssen Sie vierzig, fünfzig Kilo abspecken.«

Ich antwortete, das sei kein Problem, und versuchte, trotz der Dunkelheit, zu lächeln, aber mir gelang nur eine Grimasse. Dagoberto erhob sich, und trotz allem, was er mir soeben gesagt hatte, knipste er wieder das Licht an.

»Immerhin«, bemerkte er, »gab es schon fettere Geiger als Sie einer sind. Da ist zum Beispiel der berühmte Williams, der bedeutendste Virtuose seiner Zeit. Vor seinen Konzerten wurde er in einem girlandengeschmückten Karren durch die Stadt gefahren, den ein paar Ochsen zogen.«

»Wer war Williams«, stöhnte ich, um nicht zu schweigen.

»Sie brauchen ihn nicht zu beneiden«, fuhr Dagoberto mit einem seiner gierig saugenden Blicke fort, »denn der Mann fand ein betrübliches Ende. Er wurde krank, und die Ärzte verordneten ihm eine umständliche Diät. Der Umfang seines Bauchs schrumpfte daraufhin so dramatisch, daß ihm die Haut nabelabwärts wie die Lederschürze eines Schusters herunterhing.«

»Donnerwetter«, rief ich, obwohl ich ihm nicht eine Silbe glaubte.

Dagoberto faltete die Hände und bog sie nach oben, daß sämtliche Finger krachten.

»Von da an war es aus mit Vater Williams«, fuhr er fort. »Er war sogar zu schwach, um die Geige zu halten.«

Ich fragte, ob Williams und ich nicht vielleicht ein gutes Paar abgegeben hätten und gab ihm damit die nächste Gelegenheit, mich zu demütigen. Er verneinte, Williams sei ein wahrer Hohepriester der Fettleibigkeit gewesen, nicht nur so ein fetter, kleiner Spießer.

»Da werden Sie schon recht haben«, gab ich zurück, ohne beleidigt zu sein, »aber mit meiner Tante hätte dieser Williams bestimmt ein schönes Paar abgegeben, die war nämlich über hundert Kilo schwer. Ach, meine süße Tante Margerita! Sie litt an

Rheuma und eine Nachbarin empfahl ihr Umschläge mit Meerwasser. Wissen Sie, was passierte?«

Dagoberto zuckte mit den Schultern. Er legte jetzt die Handflächen aufeinander als ob er beten wolle und strich sich bei dieser Gelegenheit, dieses Mal mit den Kuppen beider Zeigefinger, über die Nase.

»Eines Morgens«, begann ich meine Erzählung, »ging die arme Frau mit einem Krug hinunter zum Hafen. Als sie sich über die Kaimauer hinabbeugte, verlor sie das Gleichgewicht und fiel ins Wasser. Die Ärmste konnte nicht schwimmen. Was meinen Sie wohl, was geschah? Ob Sie ertrank?«.

»Bestimmt ertrunken«, murmelte Dagoberto und verdrehte die Augen.

»Aber nein«, rief ich, »weil sie so dick war, blieb sie an der Oberfläche, bis ein Boot kam, um sie herauszuholen. Es war wie ein Wunder.«

Dagoberto fühlte sich durch das Ende meiner Geschichte betrogen. Er hätte es bestimmt lieber gesehen, daß die Tante bei dieser Gelegenheit umgekommen wäre. Er schwieg einige Minuten, schnaufte aber von Zeit zu Zeit heftig, so als müsse er den Qualm einer Feuersbrunst ablassen, die ihn innerlich verzehrte.

»Williams jedenfalls verspürte niemals ein körperliches Verlangen nach einer Frau«, sagte er endlich.

Diese Bemerkung bot mir erneut Gelegenheit, mich als Witzbold zu profilieren, und so gab ich zu bedenken, wie viele Dicke hätte auch Williams möglicherweise ein zu kurzes Schwänzchen gehabt, kapierte jedoch sogleich, daß ich schon wieder etwas Unpassendes gesagt und mich überdies selbst in ein unvorteilhaftes Licht gesetzt hatte, denn schließlich war auch ich kein dünner Mann. Dagoberto schoß mir aus seinen zusammengezogenen Augenbrauen hervor einen mörderischen Blick zu und seine Hände begannen wieder zu zucken, als könnten sie es kaum erwarten, sich um meinen Hals zu legen und ihn zu strangulieren. Er nannte mich ein Schwein und einen Schuft obendrein, der sich für schlauer dünkte als alle anderen.

»Mit mir aber können Sie nicht auf diese Weise umspringen«, erregte er sich. »Die ganze Zeit schon reden Sie mir nach dem Mund: ›Der Herr möchte hören, daß Violinen etwas Wunderbares sind. Also schön. Violinen sind wunderbar. Will er hören, daß Posaunen scheußlich sind – bestens. Posaunen finde ich scheußlich.‹ In Wahrheit bleiben Sie ja doch bei Ihren Überzeugungen.«

»Aber wieso denn?«, jaulte ich.

Dagoberto zeigte mit dem Finger auf mich und erklärte, er sei kein Idiot. Wenn ich ausgestiegen sei, würde ich ihm garantiert einen Vogel zeigen.

»Sie gehen doch wieder zu Ihren Kumpanen und werden ihnen erzählen, sie hätten sich ein paar Stunden lang wie ein Held gegen die Nachstellungen eines Verrückten zur Wehr gesetzt.«

»Aber ganz und gar nicht«, protestierte ich, »wie können Sie so etwas Barbarisches von mir denken.«

Er aber ließ mich nicht ausreden und warnte mich, sein Oberstübchen sei bestens aufgeräumt, und bis auf den heutigen Tag habe es noch keiner geschafft, ihn an der Nase herumzuführen. Dann behauptete er noch, über Leute von meiner Sorte bestens Bescheid zu wissen, und eine Weile lang starrte er mich bewegungslos an, ohne mit der Wimper zu zucken, wie ein Toter.

Ich schaffte es dennoch irgendwie, seinem Blick standzuhalten – andernfalls hätte ich ihm recht gegeben und stillschweigend zugegeben, daß ich ihm nach dem Mund redete – und kam am Ende zu dem Schluß, es sei das beste, das Ganze nicht weiter unnötig in die Länge zu ziehen.

»Einverstanden. Erzählen Sie mir weiter von Ihrer Tante«, forderte er mich schließlich auf und schnalzte mit der Zunge. »Sie waren dabei stehengeblieben, daß die arme Frau ins Wasser fiel und nicht schwimmen konnte, daß ihr aber das eigene Fett das Leben rettete.«

Ich antwortete, ja, weil sie so dick gewesen sei, sei sie nicht untergegangen, und Dagoberto fuhr mit leutseliger Miene fort, das sei eine lustige Geschichte, aber ihn interessiere auch, wie meiner Tante die Meerwasserumschläge bekommen seien. All das brachte er mit ostentativ unbeteiligter Stimme vor und widmete sich dabei den Fingernägeln seiner rechten Hand, als wolle er mir zu verstehen geben, im Grunde sei ihm meine Antwort völlig schnurz.

»Ganz gut, glaube ich«, antwortete ich, »aber sie haben ihr nicht viel geholfen. Zwei Monate nach ihrem Sturz ins Hafenbecken starb sie an einem Herzschlag. So etwas kann allen zustoßen, die zu dick sind.«

»Es können ihnen noch ganz andere Dinge zustoßen«, flüsterte jetzt Dagoberto mit hohler Stimme, während sich die Finger seiner rechten Hand langsam bewegten.

Meine Antwort war, daß im allgemeinen das Herz eines Übergewichtigen unverhältnismäßig viel mehr arbeiten müsse als bei normalen Menschen, und daß aus diesem Grunde viele von einem Infarkt dahingerafft würden. Dagoberto ließ wieder einen seiner Schnaufer hören und bemerkte, ich irre mich, schlimmer als das Risiko eines Infarkts oder einer Gefäßtrombose sei die Tatsache, daß zur Fettleibigkeit neigende Menschen nicht auf hohe Berge steigen könnten.

»Auch da haben Sie recht«, gab ich zu und nickte traurig.

Dagoberto wandte den Blick wieder zum Fenster, als ob er in der Dunkelheit die Silhouette irgendeiner fernen Gebirgskette entdecken könne, und verkündete, daß die Berge in dieser Welt für etwas ganz Besonderes stünden.

»Steigen Sie auf einen Gipfel«, schlug er mir vor, ohne den Blick von der Finsternis zu wenden, »und Sie werden lange, mit Schätzen beladene Karawanen erspähen, die sich von Osten her nähern.«

Ich antwortete, das wäre eine gute Idee, aber ich sei schlecht in Form. Daraufhin machte er mir den Vorschlag, ich solle hinabsteigen zu den Tiefen der Meere, auch dort könnte ich unzählige Wunder entdecken. Während er mir diese Möglichkeit weiter ausmalte, begann sein Gesicht zu leuchten, und ich hatte wieder den Eindruck, er rezitiere einen auswendig gelernten Text. Wenn ich, so deklamierte er, im Morgengrauen mit einer Barke hinausführe und mit dem Netz meine Illusionen auswerfen könne, so habe ich vielleicht sogar das Glück, einen Wasserprälaten zu fangen.

»Was ist das für ein Fisch?«, fragte ich.

»Wasserprälaten«, antwortete er mit schon wieder überschnappender Stimme, »sind keine Fische, sondern ehrwürdige Greise, die in den Tiefen des Ozeans leben und sich nur ganz selten zeigen. Sie sind ausgerüstet mit Mitra und Hirtenstab und teilen nach Steuerbord und Backbord ihren Segen aus.«

»Sieh mal einer an!«, rief ich, vollkommen baff über die Tatsache, daß ein Mann in seinem Alter noch solchen Blödsinn erzählte.

Der Zug hielt ohne ersichtlichen Grund, während ich die Frage stellte, mich würde interessieren, wie es diese Individuen anstellten, unter Wasser zu leben, und Dagobert erklärte, sie verfügten über ein ovales Loch im Herzen, mit dessen Hilfe das Blut auf direktem Wege den nötigen Sauerstoff aufnehmen könnte, ohne dafür auf die Lungen zurückgreifen zu müssen.

In diesem Moment schien es mir, als könne ich in der Ferne das seltsame Gelächter einer Frau vernehmen. Ein Gelächter – noch heute bekomme ich eine Gänsehaut, wenn ich mich daran erinnere –, das die gesamte Tonskala auf- und abstieg, ohne sich bei einer einzigen Note aufzuhalten. Dagoberto hob unmerklich die Brauen und in seinen

Augen erschien ein kurzes Leuchten. Vielleicht hörte auch er das Geräusch, aber er sagte nichts. Einige Minuten herrschte Stille im Abteil; schließlich bemerkte ich, während die Frau erneut in Gelächter ausbrach, ich würde gern einmal einen Wasserprälaten zu Gesicht bekommen, und sei es nur ein einziges Mal.

»Wenn Sie das Violinspiel erlernt haben«, versprach Dagoberto, »werden Sie so viele Wasserprälaten sehen, wie Sie wollen. Sie könnten dann auch Menschen mit Fischleibern und menschlichen Amphibien begegnen.«

Und er erklärte mir, all diese Kreaturen und Viecher warteten auf dem Meeresgrund und sehnten sich nach den Tönen einer Geige, um endlich den Kopf aus dem Wasser erheben zu können.

»Manchmal geben Sie einfach wundervolle Dinge von sich«, sagte ich anerkennend.

Dagoberto lächelte breit und ließ bei dieser Gelegenheit einen silbernen Eckzahn glänzen. Es war das erste Mal, daß ich ihn so lächeln sah, und ich konnte nicht anders als mich zu beglückwünschen. Ich sagte mir, ich hätte gut daran getan, auf meine Verstellungs- und Überredungskünste zu vertrauen. »Ich bin einfach unwiderstehlich«, sagte ich zu mir, aber schon verschwand sein Lächeln, und er bemerkte, es gehe weniger darum, daß er wundervolle Dinge von sich gebe, sondern vielmehr begänne ich offenbar allmählich, eine Reinigung am eigenen Leibe zu verspüren und das Unbegreifliche zu verstehen, will sagen, daß auf dieser Welt so groteske Gestalten wie Williams leben könnten, nicht zu reden von anderen Monstern, von denen er mir noch gar nichts erzählt habe.

»Möglich, daß Sie noch den einen oder anderen Zweifel haben, aber am Ende werden Sie blindlings an all die Ungeheuer glauben, von denen ich Ihnen erzähle. Eines Tages geht die Sonne unter, und Sie werden sie mit geschlossenen Augen aus orangenen Schatten hervortreten sehen, vereint wie auf einem netten Familienfoto.«

»Ach ja, so Gott will«, seufzte ich.

Und wieder zeigte Dagoberto die nämliche Begeisterung, die ihm noch vor ein paar Minuten vergangen schien.

»Na los!«, rief er, »spielen Sie nicht den Bescheidenen und machen Sie kein so demütiges Eselsgesicht. Ich bin mir ganz sicher, daß Sie schon mal eines gesehen haben. Hand aufs Herz: Schwören Sie, daß Sie noch nie so ein Wesen gesehen haben? Nicht einmal in einer lauen Sommernacht, unter tätiger Beihilfe des Mondes und einiger Gläschen zu viel?«

Ich wandte ein, ich tränke niemals zu viel, nicht einmal ein einziges Gläschen, worauf er einmal mehr eine seiner eindrucksvollen Schnaufer hervorstieß; was ich gesagt hatte, schien ihm wieder einmal ganz und gar nicht gefallen zu haben. Ich rang um eine geeignete Entschuldigung, aber noch bevor ich den Mund aufmachen konnte, stellte er fest, die Tatsache, daß der Prozeß meiner Reinigung in Gang gesetzt sei, bedeute noch lange nicht, daß damit alle meine Probleme gelöst seien, ich gehörte nämlich zu der Sorte Menschen, die Angst vor ihren Einbildungen hätten, die den Kopf unter kaltes Wasser halten, wenn ein Ungeheuer auftaucht, und sich einreden, es sei schädlich, verrückte Sachen zu träumen.

»Sie finden es wahrscheinlich ratsamer, in Ihrem Schrebergarten aus Viertel- und Achtelnoten sitzen zu bleiben«, rief er in schmerzlichem Ton.

Der Zug stand immer noch, und die Lokomotive zischte auch nicht mehr, was nur bedeuten konnte, daß sich unser Aufenthalt in die Länge zog. Bisweilen schallte das Gelächter der Frau durch die Finsternis.

»Jedenfalls«, fuhr Dagoberto fort, »sind Ihre Ideen nicht gerade das geeignete Instrumentarium, um die Weisheit dieser Welt zu ermessen.«

Ich entgegenete, daß er dieser Aufgabe sicherlich bestens gewachsen sei, das habe ich wohl verstanden; er drückte mit aller Kraft die gefalteten Hände zusammen, so als hätten sie endlich den lang gesuchten Hals gefunden, und begann wieder zu schnaufen. Für den Moment sparte er sich jeden Kommentar, aber ich spürte, daß die Lage sich mit jedem Augenblick verschlechterte. Also überlegte ich, es sei vielleicht ratsam, meine Rolle als demütiges, unwissendes Dickerchen wiederaufzunehmen. Ich ließ ein paar Minuten mit gesenktem Kopf verstreichen und sagte dann, ich könne einfach nicht verstehen, daß die Herzen der Wasserprälaten ein ovales Loch hätten.

»Wie sehen die aus, diese Löcher?«, fragte ich.

Daran sei nichts Besonderes, erklärte er, es seien Löcher wie jedes andere, nur oval, das Herz eines Fötus schließlich weise auch ein solch ovales Loch auf, damit das Ungeborene im Mutterleib atmen könne.

In genau diesem Augenblick stieß die Lokomotive einen langen Pfiff aus, setzte sich in Bewegung, und die Frau draußen, als sie sah, daß der Zug davonfuhr, fing wieder verzweifelt an zu lachen. Ich ließ das Fenster herunter und beugte mich hinaus, aber es war so finster, daß ich nichts erkennen konnte. Der Zug wurde immer schneller, das Gelächter verschwand, und Dagoberto begann von Prostituierten zu reden, die sich nächtens auf den Bahnsteigen dieser Strecke versammelten, um den Passagieren der großen Expreßzüge aufzulauern.

»Ich habe sie noch nie gesehen«, seufzte er, »aber ich stelle mir vor, daß sie erbärmlich frieren.«

Er ließ den Kopf gegen die Lehne sinken und schloß die Augen, aber seine Finger fuhren fort, sich langsam zu bewegen. Um nicht zu schweigen, bemerkte ich, mit jedem Tag gebe es mehr Eisenbahn-Huren und Schuld daran sei die Regierung.

Meine Bemerkung blieb unkommentiert, und so saßen wir still, während der Zug schlingernd seine Fahrt fortsetzte. Das Rattern der Räder begann sich in meinem Kopf in Melodien zu verwandeln, die, reduziert auf ihre Grundakkorde, sowohl einen Volkstanz, einen Militärmarsch oder gar einen Walzer anzudeuten schienen. Drei oder vier, sich endlos wiederholende rhythmische Schläge schienen, je nach Betonung, ganz verschiedene Klangbilder zu erzeugen.

»Woran denken Sie«, fragte er mich plötzlich, ohne die Augen aufzumachen.

»An meine Freunde«, log ich, »bestimmt erwarten sie mich am Bahnhof. Die Aussicht, wieder die ewigen Vokstänze in der Blaskapelle zu dreschen, erfüllt mich nicht gerade mit Begeisterung.«

Er lächelte verständnisvoll – so wie ein Vater über die ersten kleinen Sünden seines Kindes – und meinte, das sei ganz normal, wenn man soeben damit beginne, eine Welt zu entdecken, die viel besser sei, als alles, was man bis dahin kennenzulernen die Gelegenheit gehabt habe. Er fügte hinzu, ich bräuchte keine Schuldgefühle zu haben wegen meiner Unwissenheit, und wünschte dann zu wissen, was ich zu tun gedächte, wenn ich in K. wieder auf meine Genossen von der Blaskapelle träfe. Ich wollte es ihm sagen, aber bevor ich den Mund aufmachen konnte, gab er, wie schon vorher, sich selbst die Antwort.

»Natürlich das Übliche«, seufzte er, »Ein paar schäbige Kumpane, ein ebenso schäbiges Abendessen, eine billige Pension, ein tristes Zimmer mit Wasserflecken an der Decke und Fenster mit Blick auf einen Lichthof. Nicht schwer, sich das alles vorzustellen. Und ich kann Ihnen noch mehr vorhersagen. Morgen früh, nachdem Sie die ganze Nacht von Wasserprälaten geträumt haben, werden Sie auf Ihren Posten in der Blaskapelle zurückkehren und mit vollen Backen ihre ewigen Partituren herunterposaunen.«

Er hielt inne, machte die Augen auf und sah mich strafend an. Dann lächelte er schief, sein silberner Eckzahn lugte wieder hervor, und er meinte, ich solle meinen Kumpanen einen Korb geben und doch mit ihm weiterreisen.

»Meinen Sie etwa, daß Sie unersetzlich sind? Daß ohne Sie das Konzert mit Volkstänzen nicht stattfinden kann?«

Ich wagte nicht zu sagen, daß ich genau dieser Meinung sei, aber mein Lächeln verriet ihm meine Gedanken, woraufhin er mich ermahnte, ich solle mich nicht so aufspielen, sondern ihm lieber einen Beweis für meine unersetzliche Bedeutung liefern.

»Gehen Sie morgen wieder zu Ihren Kollegen. Setzen Sie sich auf Ihren gewohnten Hocker und lassen Sie die Kapelle die ersten Takte spielen. Sie tun einfach so, als ob Sie blasen wie gewohnt, blasen aber nicht. Sie werden sehen. Am Ende hat kein Mensch etwas gemerkt.«

»Das sagen Sie«, erwiderte ich, einigermaßen wütend über seine Zumutung.

Und ich fuhr fort, seinen Vorschlag fände ich erniedrigend, nur ein so verdrehter Zeitgenosse wie er könne darauf verfallen, aber das alles brachte ich mit einem schwachen Lächeln vor, so als habe ich das nicht ganz ernst gemeint und um ihn nicht allzusehr in Rage zu bringen. Dagoberto gab nun zu, er sei tatsächlich ein ziemlich verdrehter Mensch, und ich könne seinetwegen ein Leben lang Posaune blasen, denn was ich tue, interessiere ihn einen feuchten Kehricht, will sagen, sehr wenig. Er zog sogar die Möglichkeit in Betracht, daß es sich bei meinen Kumpanen aus der Blaskapelle nicht einmal um schlechte Menschen handeln mochte.

»Schlecht als Menschen, wohlgemerkt«, klärte er mich auf, »nicht jedoch auf ihrem künstlerischen

Gebiet, denn ich bin davon überzeugt, es sind Musiker der allervulgärsten Sorte.«

Und er nannte sie demütige Musik-Proleten, ehrwürdige Bastler auf den fünf Notenlinien, deren Leben eher vom Klang lustiger Passacaglien durchzogen sei als von komplizierten Symphonien.

»Oh ja!«, rief er, indem er unerwartet eine neue Platte auflegte und wieder zu einer seiner verzückten Deklamationen ansetzte, »vorzügliche Kameraden, die sich nach jeder Vorstellung um eine deftige Paella versammeln und die Flasche von Hand zu Hand kreisen lassen.«

Ich wandte ein, er solle nicht übertreiben, denn zuweilen diskutierten wir auch, allerdings gingen wir dabei niemals soweit, uns wirklich heftig zu streiten.

»Und worüber diskutieren Sie? Über lyrische Poesie? Über das Schöne und Erhabene oder die Begründung der Metaphysik der Sitten? Hören Sie auf! Daß ich nicht lache! Worüber bitte wollen Sie schon diskutieren? Sie sind doch alle einer wie der andere.«

Er versicherte mir, er kenne uns so genau, als ob wir Kinder seien, die er selbst zur Welt gebracht habe, und konzedierte gerade noch, daß von Zeit zu Zeit, jedenfalls äußerst selten, zwischen uns ein winziges Problem sich ergeben könne, der Art etwa, daß der brave Pauker, indem er die Nase rümpft, meint, nur die Schlaginstrumente und nicht die Bläser könnten aus einer verheißungsvollen Stimmung heraus ein ordentliches Crescendo zustandebringen. »Aber das sind doch nur unbedeutende

Nuancen, die einer ebenso lobenswerten wie biederen Berufsauffassung entspringen, die aber niemandem ernsthaft wehtun.«

Jetzt kam mir denn doch der Verdacht, er könne diesen Scherz nicht zum ersten Mal zum besten gegeben haben. Ich zog gar die Möglichkeit in Betracht, daß dieser Mensch seine Zeit totschlug, indem er tagaus, tagein mit dem Zug unterwegs war, um sämtliche Musiker, deren er bei dieser Gelegenheit habhaft werden konnte, ihrer jeweiligen Erlösung teilhaftig werden zu lassen. Wie dem auch sei, meine Lage verschlechterte sich mit jeder Sekunde. Also faßte ich mir ein Herz, schwieg eine ganze Weile – als ob ich über etwas sehr Wichtiges nachdachte, das meine gesamte Konzentration verlangte – und gestand ihm in zerknirschtem Ton, er habe vollkommen recht mit seiner Vermutung, meine Anwesenheit in der Blaskapelle sei alles andere als unverzichtbar, ja, in der Tat, ich sei jedenfalls ohne weiteres ersetzbar. Das stimmte nicht, aber ich mobilisierte meine ganze schauspielerische Begabung, als ich ihm das sagte. Danach machte ich wieder eine Pause, und schließlich teilte ich ihm mit, so als sei mir plötzlich ein Licht aufgegangen, ich würde gern Geigenvirtuose werden und es sei vielleicht doch noch nicht zu spät, das Geigespiel zu erlernen, wenn ich auch zunächst die Violine mit der Posaune unter einen Hut bringen müßte.

Während ich all dies hervorsprudelte, begannen seine Augen wieder sehnsüchtig zu leuchten. Nachdem ich endlich zu Ende geredet hatte, blieb er ein paar Minuten still und erwog alles, was ich ihm soeben mitgeteilt hatte; schließlich befand er, das sei alles gut und schön, aber ich solle mich dennoch in Acht nehmen, denn überstürzt sich einstellenden Berufungen sei nicht recht zu trauen.

»Ich werde alle Vorsicht der Welt walten lassen.«

»Also gut«, seufzte er. Und dann fing er an, von Monstern zu reden, so als ob dieses Thema eine Art Vorschule sei, um mich nach und nach in einen Violinisten zu verwandeln. Er unterschied zwischen exzessiven und defizienten Monstern und subsumierte unter der ersten Kategorie sämtliche Männer und Frauen, die mit zwei Köpfen geboren wurden, beziehungsweise mit einem überzähligen Arm oder Bein oder irgendeinem Gliedmaß, das die ursprünglich dafür vorgesehenen Maße um ein vielfaches überstieg.

»Und defiziente Monster?«, fragte ich.

»Unter defizienten Monstern«, erwiderte er, »sind jene zu verstehen, die mit irgendeinem Gliedmaßen zu wenig auf die Welt kommen oder die aufgrund übermäßiger Schlankheit in die Geschichte eingehen.«

Ich bat ihn, mir ein Beispiel zu nennen, und er erzählte daraufhin von einem Mann aus Andorra, der trotz seiner zwei Meter Länge nur neunundzwanzig Kilo wog.

»Unmöglich«, murmelte ich und wandte nun meinerseits den Blick zum Fenster. Dagoberto verglich jetzt den Andorraner mit einem Menschen namens Moscatini, der angeblich noch dicker war als Williams. Als er starb, gab man seine Kleider einem

Armenhaus. In seinen Gehrock paßten sieben Bettler hinein.

»Wie ist es nur möglich«, fragte ich, »daß so fette Menschen geboren werden?«

Er zuckte die Schultern und antwortete, daß es in dieser Welt eben unergründliche Geheimnisse gebe. Dann redete er weiter, nicht alle exzessiven Monster fielen allein durch Fettleibigkeit auf, und er erzählte von dem kleinen Chinesen aus Macao und von Iwanow, einem russischen Landarbeiter, der drei Arme und sieben Finger an jeder Hand hatte. Während er all dies vorbrachte, zerbrach ich mir den Kopf, wie es nur möglich sei, daß jemand so unbeschreiblich dummes Zeug aneinanderreihen konnte. Trotzdem bat ich, er solle noch von ein paar defizienten Monstern erzählen, und er nannte sogleich einen gewissen Ali Pascha, einen türkischen Soldaten, den die Russen in der Schlacht von Woroschilow gefangen nahmen, und der kaum größer als ein Rebhuhn war.

»Mit dem Turban dieser Miniatur«, fuhr er fort, »konnte sich ein normaler Mensch gerade noch den Finger verbinden, aber dafür spielte der Mann Flöte und konnte ausgezeichnet tanzen.«

Er machte eine Pause, entschuldigte sich, ihm sei heiß, und ließ das Fenster herunter, wahrscheinlich, um ein bißchen frische Luft zu schnappen. Nachdem er sich wieder hingesetzt hatte, meinte er, ihm sei ein Staubkorn ins Auge geflogen, und jetzt sah ich, daß er weinte. Ich vermutete, daß ihm die Sache mit den Monstern nahegegangen sein müsse; wenn der geeignete Moment da war, überlegte ich, könnte sich das als weiterer Trumpf zu meinen Gunsten herausstellen.

»Erzählen Sie mir was von dem kleinen Chinesen aus Macao«, bat ich ihn.

Während er sich immer noch mit dem Taschentuch die Augen betupfte, meinte er, das sei keine besonders lustige Geschichte, denn dieser kleine Chinese habe infolge eines Wespenstichs noch vor seinem zwölften Geburtstag das Zeitliche gesegnet. Er hatte zwei Köpfe, von denen aber der überzählige, um ihn einmal so zu nennen, erheblich mehr Feingefühl bewies. Jedes Mal, wenn der Junge mit dem normalen Kopf etwas aß, das ihm schmeckte, lief dem anderen Kopf das Wasser im Mund zusammen.

Das sei ein bewegendes Beispiel für Liebe und gegenseitiges Verständnis, bemerkte ich, und er berichtete mir daraufhin von zwei anderen Fällen von Bizephalie, von einem portugiesischen Hirtenjungen und von einem Mädchen aus Toledo. Beide Köpfe des kleinen Portugiesen wurden getauft. Der eine wurde Juan genannt, der andere Baldomero. Trotzdem durchlitten sie alles gemeinsam. Wurde Baldomero am Ohr gezogen, weinte Juan und vice versa.

»Was das Mädchen mit zwei Köpfen aus Toledo angeht, so wurde sie zwar mit zwei Köpfen geboren, aber, wie jedermann, nur mit einer Speiseröhre und einem Magen.«

Ich verlangte zu wissen, ob auch die anderen beiden Bizephalen – also der kleine Chinese aus Macao und der portugiesische Hirtenjunge – mit nur einem

Magen zur Welt gekommen seien, aber er wollte oder konnte nicht antworten. Er beschränkte sich auf die Erklärung, von den beiden Köpfen dieser kleinen Spanierin habe nie einer dasselbe wie der andere gewollt, und schon beim lächerlichsten Anlaß hätten sie Streit miteinander angefangen; daraufhin schwieg er, während seine rechte Hand immer noch das Taschentuch umklammert hielt.

Der Zug raste jetzt bergab und schlingerte auf eine Weise, daß ich fürchtete, wir könnten in jedem Moment entgleisen. Dagoberto jedoch schien mit anderen Dingen beschäftigt.

»Können Sie sich das vorstellen?«, fragte er mich unvermittelt, während die Lokomotive einen Pfiff ertönen ließ, als sei sie über ihre eigene Geschwindigkeit erschrocken, »die Tragödie dieser von Gott geschaffenen Kreatur mit ihrer gespaltenen Seele, in der die verstockteste Orthodoxie ständig im Streit lag mit dem bedingungslosen Willen zur permanenten Erneuerung?«

Ich wollte etwas erwidern, er aber bat mich, ich solle lieber in Ruhe nachdenken, bevor ich antwortete.

»Was bedeuten denn schon«, redete er weiter, »die kleinen Meinungsverschiedenheiten zweier Menschen, die sich gerade erst kennengelernt haben, wenn man sie vergleicht mit dem ewigen Hader jener beiden auf einem einzigen Rumpf und Hals thronenden Köpfe?«

Ich machte ihn darauf aufmerksam, er rede von Monstern mit einer Zärtlichkeit, als ob es Violinen wären, und er bemerkte, ohne sich für meine Komplimente zu bedanken, hinter jeglicher Verirrung der Natur bebe stets das Echo eines tiefen Seufzers oder gar einer Violine. Die Geigen seien es, die uns mahnen, daß all diese Monster nur existieren, damit wir sie lieben und uns daran erinnern, daß wir allen Grund haben, dem Himmel zu danken, daß wir sind wie wir sind und daß es uns nicht übler ergangen ist.

»Machen Sie die Probe und vergleichen Sie sich mit Moscatini, oder mit Williams«, ermunterte er mich, »und dann sagen Sie mir: Was hat es schon für eine Bedeutung, daß Sie dick sind wie ein gemästetes Schwein, verglichen mit jenen majestätischen Fleischanhäufungen? Können Sie gefälligst einen Moment innehalten, um darüber nachzudenken, daß unter diesem Fettgebirge trotz allem ein sanftes, unverstandenes Kinderherz schlägt?«

Ich zuckte die Schultern, denn mir fiel keine Antwort ein, und blickte wieder zum Fenster hinaus, während er mir eine lange Monsterliste herunterleierte: Akkordeon-Menschen, zweifarbige Menschen, Bären-Kinder, Pädographen, die erstaunlich geschickt mit den Füßen schreiben und Nadeln in winzige Löcher einzufädeln imstande sind, Fisch-Menschen, feuerfeste Araber... Die Reihe war endlos, aber seiner Meinung nach bildeten diese Kreaturen, so sehr sie sich auch voneinander unterscheiden mochten, eine einzige Familie, vielköpfig und tröstlich für uns alle, die wir uns von der Hand Gottes verlassen glauben.

Während dieser ganzen Unterweisungen blickte ich unverwandt zum Fenster hinaus, und jetzt kam es mir so vor, als würde ich in der Ferne den Schein eines großen Feuers erblicken.

»Und wenn ich nun als ein frisch zu Gott Bekehrter aus diesem Zug ausstiege?«, seufzte ich unvermittelt.

Dagoberto ging über meine Frage hinweg und gestand mir – er war immer noch in Gedanken bei seinen Monstern –, was ihn am tiefsten berühre, sei die Tatsache, daß all diese Ausgeburten eine Mutter hatten. Frauen, die nur das beste wollten für ihre Schößlinge und später diese Monster mit ihrer zärtlichsten Liebe verfolgten. Und er nannte mir Williams Mutter als ein Beispiel und fragte mich, ob ich mir vorstellen könne, wie diese Frau verzweifelt den Kinderwagen mit ihrem Baby bergauf zu schieben versuchte.

»Ein fünfzig Kilo schweres Baby zu lieben, mein Freund, ist nur ganz wenigen auserwählten Müttern bestimmt. An dem Tag, an dem diese Babys von aller Welt geliebt werden, tritt die Menschheit in ein neues Goldenes Zeitalter ein.«

Ich weiß nicht warum, aber ich fand, das Feuer, dessen Schein ich einen Augenblick zuvor die Nacht hatte erleuchten sehen, könnte durchaus der Beginn jener großen Feuersbrunst sein, deren die Welt auf irgendeine Weise bedurfte. Eine ganze Weile herrschte Stille. Dagoberto schloß die Augen, streckte die Beine aus und legte seine Füße auf den Sitz links neben mir. Ich sah jetzt, daß er ein Paar riesige, grob gearbeitete Schuhe trug und daß sein linker Strumpf ein tieferes Blau aufwies als der, den er am rechten Fuß trug. Der Zug war indessen langsamer geworden, das Schlingern ließ allmählich nach, und so hin- und hergewiegt schlief ich schließlich ein.

Das gefiel ihm offenbar überhaupt nicht, denn als ich aufwachte, starrte er mir mit grausamer Miene ins Gesicht. Ich blickte verwirrt um mich und fragte ihn, wie lange ich geschlummert hätte und wo wir seien.

»Raten Sie mal«, knurrte er, »Kann sein, daß wir erst am Anfang sind, vielleicht aber auch schon am Ende.«

Diese Worte hatten in Wahrheit keine Bedeutung, aber der Ton, in dem er sie hervorstieß, ließ mir das Blut in den Adern stocken. Ich bat ihn um Entschuldigung, daß ich eingeschlafen sei, und flehte ihn an, er solle mir weiter von Monstern erzählen.

»Wozu? Damit Sie wieder einschlafen und uns mit Ihrem Geschnarche beleidigen?«

Ich bat ihn nochmals um Entschuldigung, er aber antwortete, nein, er könne mir nicht verzeihen, für mich sei Schluß mit allen Monstern und sämtlichen Violinen und für die noch verbleibende Zeit der Reise würden wir uns über Nasen unterhalten.

»Übrigens, wo haben Sie Ihre her?«, fragte er glucksend.

Auch ich lachte jetzt und erwiderte, er sei nicht der erste, der meine Nase zu groß fände, aber er bemerkte, sie sei nicht nur zu groß, er fände sie einfach ungewöhnlich, aber ich solle mir deshalb keine Gedanken machen, denn irgendjemand habe bei irgendeiner Gelegenheit einmal gesagt, exquisite

Schönheit sei ohne einen leisen Makel in der Proportion gar nicht denkbar.

»Wenn das tatsächlich stimmt«, setzte er noch obendrauf, »dann könnten Sie sogar als ganz flotter Jüngling durchgehen.«

Mir gelang wieder ein heroisches Lächeln, aber als er es bemerkte, sagte er, das sei nicht als Witz gemeint, denn die Geschichte mit den Nasen sei mitnichten so lächerlich wie es vielleicht auf den ersten Blick den Anschein haben könnte. Er erklärte mir, die Nase sei ein besonderes Attribut des Menschen, und nicht einmal die höchst entwickelten Affen könnten sich einer Nase rühmen.

»Stimmt auch wieder«, gab ich zu, sein Verhalten indes erschien mir immer besorgniserregender.

Er aber fuhr fort, daß man die Menschen, je nachdem wie ihre Nasen ausfielen, in leptorhin, mesorhin und platirhin – ich glaube, das waren seine Worte – klassifizieren und nach einem Nasalindex unterteilen könne. Letzteren errechne man, indem man die Breite der Nase durch ihre Länge teile und das Ergebnis mit zehn multipliziere.

»Soll ich ehrlich mit Ihnen reden«, gestand er mir, »so muß ich Ihnen sagen, daß es tatsächlich eine ganze Menge Gründe gibt, warum sich die Menschen voneinander unterscheiden.«

Um mir diesen Quatsch mitzuteilen, beugte er sich zu mir herüber und begleitete jedes seiner Worte mit einem kleinen Stubser seines Zeigefingers auf die Stelle zwischen meinen Augenbrauen, als sei er der Ansicht, er könne mir auf diese Weise seine Ideen direkt in den Kopf pflanzen. Ich nahm meinen ganzen Mut zusammen und meinte, es sei mir offen gestanden lieber, wenn er wieder über Monster reden würde.

»Und über exzessive Monster bitteschön.«

Er fuhr wieder zurück, als suche er einen neuen Blickwinkel, und umhüllte mich mit einem gierigen Blick. Eine ganze Weile betrachtete er mich schweigend, ehe er fragte, ob ich aus dem Westen komme.

»Ich frage Sie das Ihrer Nase wegen«, rechtfertigte er sich, »solche wie Ihre finden sich dort zuhauf.«

Als ich ihm antwortete, ich käme nicht aus dem Westen, sondern, um genau zu sein, von unten, das heißt, aus dem Süden, zeigte sich auf seinem Gesicht eine Enttäuschung, die allzu demonstrativ aufgesetzt war, um nicht gespielt zu sein. Er fragte, woher meine Familie komme, und ich antwortete, wir kämen allesamt aus dem Süden. Ich verkündete dies ohne Umschweife und in aller Deutlichkeit. Möglich, daß in meiner Stimme sogar ein gewisser Kastenstolz vibrierte, denn ich war immer der Meinung, aus dem Süden zu stammen, sei eine der wenigen entscheidenden Eigenschaften, auf die ein Mann sich etwas zugute halten kann.

Dagoberto starrte mir unverwandt und ohne mit der Wimper zu zucken in die Augen, so wie man einen Lügner zu einem ehrlichen Geständnis zu nötigen versucht.

»Südländer vom Scheitel bis zur Sohle«, fuhr ich fort und schlug mir zur Bekräftigung meiner Worte auf die Schenkel. »Sohn eines Südländers und Enkel eines Südländers. Meine sämtlichen Vorfahren stammen von da. Ich bin, wie man so sagt, ein in der Wolle gefärbter Mann des Südens, obwohl ich schon seit vielen Jahren in der Mitte des Landes lebe.«

Der Zug hielt jetzt bei irgendeiner anderen Station, und Dagoberto sah wieder zum Fenster hinaus, als sei dieser Halt in seinen eigenen Plänen nicht vorgesehen. Er drückte seine Nase am Fenster platt, um zu sehen, was draußen war. Als er sich mir wieder zuwandte, bemerkte ich, daß seine Augen rot angelaufen waren. Er seufzte resigniert und meinte dann, es sei wohl nicht zu ändern, die Leute auf dieser Welt kämen nun einmal aus allen Himmelrichtungen, also aus dem Norden, dem Süden, dem Osten und dem Westen, ich aber, der ich doch schließlich auch irgendwo anders hätte geboren werden können, ich hätte mir dafür ausgerechnet den Süden ausgesucht, und das gehe ihm gewaltig gegen den Strich, denn Südländer, und speziell ihre Art und Weise, das Leben zu nehmen, könne er einfach nicht ertragen.

»Schauen Sie, Sie können sich wirklich nicht darüber beklagen, ich hätte die Gründe, warum ich mich in Ihrer Gesellschaft unwohl fühle«, fuhr er fort, »an den Haaren herbeigezogen. Sie liegen ja auf der Hand.«

Und während draußen, wie vorhin, schon wieder Frauen zu kreischen anfingen, erklärte er mir, die Tatsache, daß ich im Süden geboren sei, trenne uns mehr als alles andere und serviere ihm ein weiteres Reizmotiv gewissermaßen auf dem Silbertablett.

Ich wollte wissen, warum er mir so etwas erzähle, er aber rümpfte die Nase, als habe sich plötzlich ein fauliger Geruch im Abteil verbreitet.

»Leute aus dem Süden widern mich an«, kam seine Antwort, »ich kann es nicht ändern.«

Kaum aber hatte er das gesagt, veränderte sich seine Miene, als sei ihm plötzlich ein Verdacht gekommen, und er warf mir einen mißtrauischen Blick zu.

»Oder schwindeln Sie mich schon wieder an? Sind Sie vielleicht doch aus dem Osten, oder Westen meinetwegen, und behaupten lediglich, Sie kämen aus dem Süden, um mich zu ärgern? Sind Sie tatsächlich ein Mann des Südens?«

»Bis auf die Knochen«, erwiderte ich und rüstete mich zum Kampf.

Er schnalzte mit der Zunge und sah sich zu einer Rechtfertigung genötigt. So erfuhr ich, er habe nicht einmal schlechte Erfahrungen mit Leuten aus dem Süden gemacht, ja, er könne sogar damit leben, daß Südländer in der Regel fröhliche und witzige Menschen seien, was ihm aber an uns mißfalle, das sei unsere Art und Weise, mit dem Leben umzugehen, und vor allem die Tatsache, daß wir nichts ernst nehmen würden.

»Sie dürften wohl aus dem Norden stammen«, brachte ich hervor und bewahrte mit Mühe mein Lächeln.

»Man muß kein sehr schlauer Kopf sein, um das zu merken«, rief er, und seine Finger begannen schon wieder sich zu verrenken, »selbstverständlich bin ich aus dem Norden. Betrachten Sie meinen

Schädel, meine Kieferpartien sowie die Farbe meiner Augen: Sie haben vor sich einen typischen Dolichozephalus, merken Sie das denn nicht?«

»Ich sehe schon«, brummte ich.

»Der Norden sitzt mir in allen Poren meines Körpers, lieber Freund. Sohn von Nordländern, Enkel von Nordländern, wie Sie, nur andersherum.«

Ich sah ihn vor mir, während er das alles hervorsprudelte, auf einer Felsklippe hockend, von oben bis unten in Felle gehüllt und in der Faust einen mächtigen Knüppel. Schließlich konnte ich seinen Raubvogelblick nicht länger ertragen und schloß die Augen. Dann aber machten sich meine Überlebensinstinkte wieder bemerkbar, ich machte die Augen auf und verkündete, wenn ich es mir genau überlegte, so wüßte ich nicht ganz genau, ob ich tatsächlich das Recht hätte, mich als in der Wolle gefärbten Südländer zu bezeichnen.

»Unmöglich!«, rief er erstaunt. »Sie wissen nicht einmal, wo Sie geboren sind? Hat man Sie vielleicht in irgendeinem Gemüsegarten am Stadtrand unter einem Kohlkopf hervorgezogen?«

»Nicht ganz«, erklärte ich, »es verhält sich nämlich so. Mein Dorf, das heißt, das Dorf, wo ich geboren wurde, liegt nördlich vom Süden, praktisch auf der Linie, die den Süden vom Norden trennt. Fünfhundert Meter hinter dem letzten Haus beginnt die Provinz Q., die sich historisch und kulturell bereits dem Norden zurechnet, obwohl sie unter administrativem Gesichtspunkt zum Süden gehört.«

»Und was bitte wollen Sie mit diesem Wortspiel sagen?«, fragte er mich gereizt.

»Ich will sagen«, erwiderte ich, »daß wir uns in gewisser Weise als Landsleute betrachten dürfen.«

Seine Finger bewegten sich noch ein paar Minuten, aber immer langsamer, bis sie endlich stillstanden. Für einen Moment sah er mich mit dem Ausdruck eines Lehrers an, der bemüht ist, den Antworten seines Schülers mit leutseliger oder zumindest unparteiischer Miene zuzuhören.

»Sie meinen also«, fragte er, »wir seien möglicherweise Landsleute?«

»Allerdings, zumindest was die geographischen und historischen Gegebenheiten angeht«, brachte ich mit mühsam fester Stimme hervor.

Und dann setzte ich ihm auseinander, daß sich in meiner Heimat dialektale Varianten fänden, die den im Norden gebräuchlichen sehr ähnelten; all dies bedacht, könnte ich behaupten, ich sei ein nördlicher Südländer, genau wie er sich mit derselben Berechtigung als südlichen Nordländer betrachten könne.

»Es gibt nämlich«, bemerkte ich, »immer noch einen anderen Norden, ein bißchen weiter oben von wo wir uns befinden, und einen anderen Süden, der ein bißchen weiter unten liegt.«

In diesem Augenblick, ich erinnere mich genau, erstarb mit einem Mal das Geheul der Frauen draußen auf dem Bahnsteig. Dagoberto war kein Mann der schnellen Reflexe; meine Schlagfertigkeit hatte ihn tatsächlich für einen Moment aus dem Gleichgewicht gebracht.

»Und wenn wir nun einfach in der Mitte geboren wären?«, fragte ich, in der Absicht, das Thema mit einer witzigen Bemerkung abzuschließen.

»Einverstanden«, sagte er, »erledigt. Jetzt weiter über Nasen.«

Und wieder begannen seine Finger zu zappeln wie die Kolben und Pleuelstangen bei einem anspringenden Motor. Er blickte wieder hinaus und lehnte seine Stirn gegen das Fenster. Ich dachte mir, ich könne mir seine Verwirrung zunutze machen und verkündete in festlichem Ton, auch seine Nase sei nicht gerade ein Röschen und daß wir uns darin durchaus ähnlich seien. Ich zündete mir eine Zigarette an und bot auch ihm eine an, aber er schlug sie aus und bemerkte, Rauchen schade der Gesundheit und wenn ich damit aufhörte, so würde meine körperliche Verfassung gewiß davon profitieren.

»Sie kennen doch die Krankheiten, die einem Raucher blühen«, warnte er mich, »Krebs, Asthma, Bronchitis, Magengeschwüre. Das ist ja alles bekannt. Wie steht es aber mit Ihrem Sexualleben? Haben Sie sich niemals überlegt, daß eingefleischte Raucher stets einen femininoiden Charakter annehmen?«

Einen Augenblick lang dachte ich, er meine das ernst, aber ich bemerkte rasch, daß er nur wieder Streit vom Zaun brechen wollte, um mir damit auf die Nerven zu gehen. Ich sei kein eingefleischter Raucher, sagte ich, und dies sei schließlich auch die erste Zigarette, die ich mir während unserer ganzen Reise angesteckt hätte, er aber zuckte nur mit den Schultern.

»Nun, auch wenn Sie kein eingefleischter Raucher sind«, bemerkte er, »so liegen Ihre femininoiden Züge doch klar zutage. Hat Ihnen das noch nie jemand gesagt? Hat Ihnen denn wirklich niemand mitgeteilt, daß Sie die Stimme eines Kasinokastraten und Hüften wie eine türkische Bauchtänzerin haben?«

Es war eine ebenso unerwartete wie brutale Attacke, der ich so gut es ging mit einem konfusen Grinsen begegnete – ich versuchte so zu tun, als wüßten wir beide ganz genau, daß er soeben dummes Zeug geredet hatte – aber er ließ mir nicht einmal Zeit zu einer Antwort.

»Haben Sie eigentlich irgendeine Vorstellung davon«, fuhr er fort und packte mich unerwartet beim Jackenaufschlag, »wieviel die Eier eines normalen Mannes wiegen?«

Ich antwortete, daß ich keine Ahnung hätte, und daraufhin erklärte er mir, daß jedes einzelne circa zwanzig Gramm wiege, daß er jedoch sicher sei, daß meine erheblich leichter seien.

»Und Ihre?«, fragte ich, unfähig, mich noch länger zurückzuhalten und jedes Risiko in Kauf nehmend, »was wiegen die? Wagen Sie mir darüber Auskunft zu geben?«

Als ich diese Frage stellte, hielt er mich immer noch beim Jackenaufschlag gepackt, jetzt aber kam er mir mit dem Gesicht immer näher, bis sich unsere Nasenspitzen aneinander rieben. Mit einem Stoß warf er mich auf den Sitz, stemmte ein Knie auf meine Brust und begann, mir mit dem Finger seiner freien Hand die Schläfe zu reiben.

Ich wollte um Hilfe schreien – es wäre selbstverständlich ganz und gar nutzlos gewesen, denn wir waren schließlich die beiden einzigen Reisenden –, aber er preßte mir die Hand auf die Brust, und ich fühlte, wie mir die Welt abhanden kam. Ehe ich mich versah, hatte er mir die Hose ausgezogen, so daß ich mich in Unterhosen wiederfand. Die Hose hängte er ans Gepäcknetz, daraufhin holte er tief Luft, setzte sich wieder hin und betrachtete mich mit funkensprühendem Blick.

»Jetzt raten Sie, wie viel meine Eier wiegen«, sagte er, »machen Sie eine Rechnung über den Daumen. Fünfhundert Gramm? Zwei Kilo? Drei?«

Ich wußte einfach nicht, was ich sagen sollte – es gab keine Antwort, die nicht sein Mißfallen erregt hätte – und zog die Hemdschöße ein Stück herunter, um meine Beine etwas zu bedecken. Dagoberto brach in schallendes Gelächter aus, als er mich so halbnackt dasitzen sah, er nannte mich einen Brachyzephalus alpinus und verkündete, ein Mensch wie ich könne nie und nimmer sein Landsmann sein.

»Eigentlich haben Sie nicht einmal das Recht, sich die Beine zu bedecken«, sagte er, »ist die Sünde groß, so ist keine Demütigung zu ausschweifend.«

»Welche Sünde habe ich begangen?«, flehte ich.

»Geboren zu sein«, kam die Antwort. Er sagte das so, als ob er allen Ernstes daran glaubte. Daraufhin bat ich ihn, er solle mir bitte endlich sagen, was ich tun solle, und er antwortete, für den Augenblick habe er lediglich den Wunsch, daß ich mein Instrument aus dem Futteral nehme und ihm meine Lieblingspolka vorspiele.

»Welches Instrument bitte meinen Sie?«, fragte ich und machte mich auf das Schlimmste gefaßt.

Er antwortete, seine Bitte beziehe sich auf die Posaune, und ich erlaubte mir, ihn daran zu erinnern, daß sich gegenwärtig sämtliche Instrumente der Blaskapelle auf dem Dachgepäckträger jenes Autobusses befänden, mit welchem meine Kameraden heute morgen aufgebrochen seien.

»Na wenn Sie keine Posaune haben«, sagte er, »dann erfinden Sie doch einfach eine.«

Das Schlimmste dabei war, daß er mir dieses wüste Zeug mit einem Lächeln auf den Lippen vortrug, so als ob ihn das alles in eine barbarisch heitere Laune versetze.

»Na los«, schrie er und packte mich wieder bei der Jacke. »Geben Sie eine Stierkampfpolka zum besten! Haben Sie nicht vorhin gemeint, die Posaunen würden das Herz aller Menschen erheben, die mit dem Schicksal haderten? Denken Sie vielleicht, ich sei ein glücklicher Mensch?«

So wie es aussah, blieb mir nichts anderes übrig, so zu tun, als ob ich tatsächlich Vorbereitungen zum Posaunespiel träfe. Ich stellte mich in Positur, streckte den rechten Arm aus, als ob ich an einem unsichtbaren Notenständer herumfingerte und tat so, als blätterte ich in den Seiten einer unsichtbaren Partitur. Dann steckte ich den Daumen in den Mund und begann mit vollen Backen zu blasen. Dagoberto machte es sich bequem, lehnte den Kopf zurück, schloß die Augen und lauschte mit verzücktem Gesichtsausdruck. Um mir zu demonstrieren, wie bewegt er von meinem Spiel war, kreuzte er die Arme dergestalt, daß die linke Hand auf der rechten Schulter und die rechte Hand auf der linken Schulter zu liegen kam. In dieser Haltung verharrte er, bis ich, vollkommen erschöpft, nach Luft schnappte und zu husten anfing. Wieder zu Atem gekommen sagte ich zu ihm, jetzt sei es gut mit den lustigen Späßen und bat ihn, mir meine Hose zurückzugeben.

»Sie spielen wundervoll Posaune«, sagte er mit immer noch geschlossenen Augen. »Sie sind ein vorzüglicher Musiker, oh ja, mein Herr. Wie bitte? Was erzählen Sie mir da für Dummheiten? Sie hätten auf Ihrem Daumen gespielt? Die Posaune habe nur in der Vorstellung existiert und gar nicht geklungen? Alles sei eine Farce gewesen? Oho, das ist ein guter Witz. Kennen Sie die Grenze, wo die Farce endet und die Realität beginnt?«

»Geben Sie mir meine Hose wieder«, zischte ich und zerrte an den Hemdschößen.

Der Zug setzte sich jetzt endlich wieder in Bewegung, ohne daß die Frauen auf dem Bahnsteig und hinter den Kohlenhalden wieder ihr Protestgeheul hören ließen. Mag sein, daß sie ahnten, daß nur zwei Passagiere mitreisten, und beschlossen hatten, ihre Kräfte für die großen Nachtzüge zu sparen. Dagoberto öffnete die Augen, blieb aber mit gekreuzten Armen sitzen.

»Ich für meinen Teil«, sagte er, »ziehe die Posaunen vor. Sie klingen nicht wie gewisse Unterhosen, die neuerdings in Mode gekommen scheinen.«

Jetzt ließ er endlich seine Schultern los und faßte sich an den Kopf. Mir kam der Gedanke, all diese merkwürdigen Bewegungen könnten Teil einer komplizierten Atemübung sein. Wieder starrte er mir in die Augen und fragte mich, wo sich all jene

Menschen verbergen mochten, die eines Tages die Welt vor dem Untergang bewahren müßten.

»Wo sind sie?«, schrie er, als ob ich es wüßte, aber nicht verraten wollte. »Spielen sie in lächerlichen Blaskapellen? Sitzen sie vor einem Computer? Haben sie frisch erfundene Fahnen aufgepflanzt und ziehen neue Grenzen über den Globus? Wo, das frage ich mich, mag es sich verbergen, jenes Heer von Geigern, das kommen wird, die Menschheit zu retten?«

Ich nutzte den Augenblick, um meine Hand nach meiner Hose auszustrecken, er aber blitzte mich an, und ich prallte zurück. Ich wagte nicht zu sagen, was ich dachte und blieb still. Auch er nahm jetzt die Hände vom Kopf, verschränkte sie im Nacken und gähnte hemmungslos, vielleicht, um mir sein Kannibalengebiß zu zeigen und vor allem seine enormen silbernen Eckzähne.

»Also los, probieren wir es noch einmal!«, brüllte er und beugte sich weit vor. »Was sind wir doch für anmaßende Menschen, anzunehmen, daß wir uns gleich beim ersten Zusammentreffen auch verstehen müßten. Versuchen wir es noch einmal. Wir haben ein Kreuzworträtsel begonnen und wir können nicht irgendwo mitten in den weißen Kästchen die Flinte ins Korn werfen!«

»Womit bitte sollen wir anfangen?«, fragte ich

»Mit unserem Gespräch«, sagte er, »versuchen wir es noch einmal.«

»Einverstanden«, sagte ich, »also los dann. Fangen Sie an; ich antworte. Aber dann geben Sie mir meine Hose zurück.«

Und so begann die Komödie. Ich ging hinaus auf den Gang, kam nach ein paar Minuten erneut zurück ins Abteil und setzte mich auf den gleichen Sitz, also Dagoberto gegenüber. Einige Augenblicke schwiegen wir. Dann fragte mich Dagoberto, wie ich heiße, und ich nannte ihm meinen Namen, Juan D., aber ich mochte ihm nicht noch einmal erzählen, wie stolz ich darauf sei, so zu heißen.

»Juan, mein Freund«, machte mir Dagoberto einen Vorschlag, »damit es dieses Mal besser läuft, werden wir uns einige Vorteile konzedieren. Wir fangen bei Null an, ohne Vorurteile und vorgefaßte Ideen. Stellen Sie sich einfach vor, ich sei ein ganz normaler Mensch, bereit, aus freien Stücken mit einem anderen Reisenden das Kompartiment zu teilen. Gehen Sie noch einmal hinaus auf den Gang, kommen Sie herein und setzen sich noch einmal da hin, wo Sie jetzt sitzen. Und vergessen Sie einfach, daß Sie keine Hose anhaben.«

Ich tat, was er von mir verlangt hatte, ohne auf seine Witze zu reagieren. Also trat ich zum zweiten Mal auf den Gang hinaus, kam wieder herein, begrüßte ihn mit einem kaum hörbaren Guten Abend und ließ mich seufzend auf dem nämlichen Sitz nieder, von dem ich gerade aufgestanden war. Dagoberto hob den Blick von der Zeitung und betrachtete mich eine ganze Weile. Dann faltete er das Blatt zusammen und legte es auf den Sitz neben sich.

»Pardon, mein Herr«, sagte er, »aber ich könnte schwören, daß wir uns irgendwo bereits einmal begegnet sind.«

»Schon möglich«, antwortete ich und zwang mich, nicht in schallendes Gelächter auszubrechen, »vielleicht sogar im selben Zug, denn ich reise mehrmals pro Woche nach K.«

Er fragte, ob ich aus K. sei, und ich bejahte, denn auch wenn man Theater spielt, ist es leichter, ja als nein zu sagen. Dagoberto redete weiter, er kenne K. und finde es eine wunderschöne Stadt, nur leider ziemlich feucht, was vor allem die zu spüren bekämen, die, wie er, an Rheuma litten. Dann sagte er noch, er habe mehrere Jahre in K. gelebt, und eingedenk der Tatsache, daß die Stadt nicht besonders groß sei, wäre es durchaus möglich, wie schon gesagt, daß wir uns heute nicht zum ersten Mal begegneten.

»Es könnte sogar angehen«, gab er zu bedenken, »daß wir uns im Briefmarkenzirkel von Z. über den Weg gelaufen wären. Sind Sie da zufällig Mitglied?«

Fast hätte ich schon wieder ja gesagt, aus dem eben genannten Grund, aber im letzten Moment fiel mir ein, daß es bei dieser Gelegenheit sich möglicherweise nicht empfehle, zu bejahen, also sagte ich, nein, ich sei kein Mitglied, schon seit zwei Jahren nicht mehr.

»Na dann«, bemerkte Dagoberto, »sind wir uns mit Sicherheit irgendwann einmal im Zirkel begegnet. Ich bin auch ausgetreten, im letzten Jahr. Ich hatte eine ziemlich unerquickliche Auseinandersetzung mit Don Anselmo und zerriß meinen Mitgliedsausweis vor seinen Augen.«

Ich fragte ihn, wer Don Anselmo sei, und er schien einigermaßen erstaunt.

»Wer ist Don Anselmo? Sie kennen Don Anselmo nicht? Sie wollen Mitglied im Briefmarkenzirkel gewesen sein und kennen Don Anselmo nicht? Sind Sie denn im großen Salon des Zirkels nie einem Herrn mit langem weißen Bart und einem Holzbein begegnet?«

Doch, sagte ich, solch einem Herrn sei ich mehrmals begegnet, und Dagoberto nickte feierlich.

»Das war er, Don Anselmo«, verkündete er, »kein Geringerer als der Präsident des Zirkels. Der bedauernswerte Mensch verlor sein Bein im Kubakrieg, oder war es woanders? Ich weiß nicht mehr.«

Obwohl er mit all diesen Einzelheiten aufwartete, hätte ich doch nicht sagen können, ob dieser Don Anselmo nun tatsächlich ein Mensch aus Fleisch und Blut war oder ob Dagoberto ihn aus dem Ärmel gezogen hatte, ein Wesen, genauso aus den Fingern gesogen wie unsere Unterhaltung.

»Die Welt ist eben eine Briefmarke«, seufzte ich, ohne mich aus der Deckung zu wagen.

Ich warf einen raschen Blick auf meine Uhr und fragte mich, ob er endlich zum Schluß gekommen sei, wagte jedoch nicht, ihn danach zu fragen, aus Furcht, er könnte sich wieder aufregen. Verstohlen sah ich nach meiner Hose, die noch immer vom Gepäcknetz herabhing, und stellte fest, daß sie am Gesäß schon etwas fadenscheinig wirkte, obwohl sie noch ziemlich neu war.

»Sind Sie zufällig Vertreter?«, fragte Dagoberto, und wieder ging es los.

Ich antwortete, nein, keineswegs, ich sei Musiker. In diesem Punkt aber beschränkte ich mich darauf, bei der Wahrheit zu bleiben und zu wiederholen, was ich schon vorher gesagt hatte, daß ich nämlich, obwohl Musiker, großen Respekt für Handelsvertreter empfände.

Dagoberto quittierte meine Bekenntnisse mit bewunderndem Lächeln, aber diesmal verzog er die Lippen auf andere Weise, und der Silberzahn blieb in seinem Versteck. Ich überlegte, ob er wohl über zwei verschiedene Arten zu lächeln verfüge und von der mit dem gefletschten Silberzahn nur dann Gebrauch machte, wenn er sich vorgenommen hatte, sein Gegenüber einzuschüchtern.

»Musiker? Sehr schön! Es ergibt sich nur selten die Gelegenheit, einen Musiker persönlich kennenzulernen. Welches Instrument spielen Sie? Klavier? Harfe? Clavichord? Schlagen Sie vielleicht gar die Lyra?«

Ich wußte keine Antwort, aber als ich die qualvolle Spannung bemerkte, mit der er sie erwartete, kam mir die Befürchtung, daß diese fiktive Unterhaltung, all unseren guten Vorsätzen zum Trotz, ebenfalls ein böses Ende nehmen könne.

»Viola?«, bohrte er unterdes weiter, »Schlagzeug? Oboe? Violine vielleicht?«

Schließlich gestand ich ihm, ich spiele Posaune, und er schien von meiner Antwort entzückt.

»Posaune? Ist das die Möglichkeit! Sie spielen tatsächlich Posaune?«

Allerdings, erwiderte ich, Posaune, und zwar in der Blaskapelle von J. Daraufhin fragte ich, ob er schon mal von uns gehört habe, und er meinte, durchaus, er habe schon oft von unserer Blaskapelle gehört, aber das sei nicht verwunderlich, denn in den Radiosendungen im ganzen Lande sei ständig die Rede von uns und unseren Tourneen.

Als ich das aus seinem Munde hörte, war ich sicher, daß die Dinge sich schon wieder zu verheddern begannen, beziehungsweise, daß sie sich vorher gar nicht erst entwirrt hätten und wir, all unseren guten Vorsätzen zum Trotz, weiter torkelten wie von Anfang an.

»Haben Sie nicht letztes Jahr den Nationalen Blaskapellen-Wettbewerb gewonnen?«

»Nein, nein, das waren nicht wir«, antwortete ich ergeben. »Ganz im Gegenteil, wir sind auf dem letzten Platz gelandet, und ich sage Ihnen das, ohne mich zu schämen, Sie wissen ja, wie das ist mit solchen Wettbewerben. Da gewinnen Sie nur, wenn Sie einen guten Bekannten in der Jury haben.«

Ich hoffte, wenn ich in diesem Punkt bei der Wahrheit blieb – und nichts anderes als die Wahrheit hatte ich gesagt –, unsere Unterhaltung wieder zu beleben, ja, ihr sogar möglicherweise ein Gran Wahrhaftigkeit geben zu können. Der Zug hielt jetzt wieder mit einem langen Pfiff, und schon bald darauf war in der Dunkelheit das Gelächter von Frauen zu hören. Diese Unglücklichen, dachte ich bei mir, haben sich auf unsere Verdammnis kapriziert.

Auch jetzt schenkte Dagoberto unserem neuerlichen Halt keinerlei Beachtung, ebensowenig wie den Lachsalven, mit denen wir schon wieder traktiert wurden. Er umfing mich mit seinem freundlichen Lächeln – also das, welches den Silberzahn verhüllte – und nickte immer wieder, so als wolle er sich selbst beglückwünschen, daß er in Begleitung eines Musikers reiste.

»Aber ja doch«, rang er nach Luft, »man hat nicht immer das Glück, in Begleitung des ersten Geigers eines der besten philharmonischen Orchester des Landes zu reisen.«

Ich fand, dies sei der geeignete Moment, meine Hose zurückzufordern. Im letzten Augenblick jedoch bewog mich ein Rest Selbstachtung, ihn darauf hinzuweisen, daß ich mitnichten irgendeinem Philharmonischen Orchester angehörte und auch kein Geiger war. Dagoberto bat mich um Entschuldigung. Es sei das einer seiner kleinen Scherze gewesen. Ihm sei wohl bekannt, daß ich in einer der besten Blaskapellen weit und breit Posaune blies.

»So ist das Leben«, beruhigte er mich dann, »ein jeder versucht, so gut es geht zu spielen, was er kann.«

»Sehr richtig«, stöhnte ich, »und wann er kann.«

»Außerdem ist allgemein bekannt«, fuhr er fort, »daß es sich bei Posaunen um Instrumente mit mächtigem Klangvolumen handelt, das jedenfalls kann niemand bestreiten. Wissen Sie, was der Sultan glaubte, als er das erste Mal eine Posaune sah? Halten Sie sich fest, denn jetzt kommt wirklich etwas Komisches. Diener Allahs, der er war, meinte er, der Musiker verschlinge das Instrument und spucke es dann wieder aus. Sehr witzig, finden Sie nicht?«

In diesem Augenblick begannen die Frauen auf dem Bahnsteig wieder im Chor zu lachen, als ob sie sich ausschütten wollten über seine lustige Geschichte. Ich blickte wieder zum Fenster und versuchte mir vorzustellen, wie diese Frauen wohl aussahen, der kühlen Nachtluft schutzlos ausgeliefert, ihr Überlebensrecht auf die einzige ihnen zu Gebote stehende Weise fordernd.

»Sultane«, fuhr Dagoberto fort, nachdem das Gelächter verklungen war, »kommen manchmal auf komische Gedanken. Sie wissen ja, wie es solchen Leuten ergeht. Sie verhüllen ihren Kopf ständig mit einem Turban, und so bleibt er natürlich unbelüftet.«

Jetzt lachte er dermaßen, daß ihm die aufgerissenen Kinnladen zuckten – Dagoberto lachte auf dem Grundton U nach Art überempfindlicher Sanguiniker –, aber ich war mir immer noch nicht sicher, ob das Gelächter echt war oder ob er immer noch die Komödie von vorhin weiterspielte. Allerdings traute ich mich nicht, ihn danach zu fragen, um ihm keine Gelegenheit zu der Gegenfrage zu geben, warum ich denn mitlache. Nachdem er sich erholt hatte – was im Handumdrehen geschah, für mich ein Hinweis mehr, daß sein Gewieher nicht ernst gemeint sein konnte –, meinte er, einmal abgesehen von den Dummheiten, die einem Sultan zustoßen könnten, erscheine ihm die Feststellung von Gewicht, daß man Posaunen schon aus großer Entfernung hören könne. Die kriegerischen Schwingungen ihrer Töne machten sie zum idealen Instrument, um die Menschen daran zu erinnern, daß ihr wahrer Bestimmungsort der Schützengraben sei.

»Was für ein Schützengraben?«, fragte ich.

Er sagte, wir befänden uns in einem Krieg, der uns alle angehe. Und da genau läge das große Verdienst der Posaunen: Sie erinnerten uns, daß wir uns in Acht zu nehmen hätten. Sie mahnten uns, stets daran zu denken, daß wir im Grunde Kombattanten seien.

»Jetzt verstehe ich«, stöhnte ich und fuhr mir mit der Hand an die Stirn.

Er schwieg, während er mir weiter unverwandt in die Augen starrte, und seine Finger begannen wieder mit ihren Bewegungen, aber dieses Mal sah es so aus, als sei er im Begriff, irgendetwas zu zählen. Eine nach der anderen berührten die Kuppen seiner linken Hand die Kuppe seines ausgestreckten rechten Zeigefingers, und währenddessen begann allmählich, wie schon verschiedene Male vorher, ein seliges Lächeln sein Gesicht zu erleuchten, als ob dieser flüchtige und sanfte Kontakt zwischen den Fingern ihm einen besonderen Genuß verschaffe. Die Frauen fingen schon wieder an zu lachen und fast hätte ich das Fenster aufgerissen, um ihnen mitzuteilen, daß bei uns nichts zu holen sei. Dagoberto starrte mich weiter an und bewegte seine Finger. Ich versuchte zu vergessen, daß ich in Unterhosen dasaß – meine Hose flatterte immer noch wie die Fahne einer besiegten Armee vom Gepäcknetz herab – und hoffte, er würde als erster das Schweigen brechen, aber ich verlor schon bald die Geduld und wollte wissen, was er von dem Umstand hielt, daß unser Zug schon viel zu lang stillstand.

»Wie, mein Herr, langweilen Sie sich?«, fragte er, »Können Sie meine Gesellschaft nicht länger ertragen?«

»Mir sträuben sich die Haare bei diesem Gelächter«, sagte ich, »außerdem finde ich es verdächtig, daß dieser Zug ständig exakt vor dem Jagdrevier dieser Furien Halt macht. Warum nicht zweihundert Meter vorher oder danach?«

Er hörte auf, die Finger zu bewegen und gab zu bedenken, das Gewieher könne von langer Hand geplant und Teil eines besonderen Programms sein. Dann sagte er noch, auch er fühle sich davon gestört, aber in gewisser Weise sei es auch eine willkommene Zerstreuung, denn mit dem Zug durch die Nacht zu reisen, ohne aus dem Fenster sehen zu können, sei ziemlich langweilig.

»Wäre es hell«, fügte er hinzu, indem er mit der Hand das angelaufene Fenster rieb, »dann könnte man von hier aus eine herrliche Gebirgskette mit schneebedeckten Gipfeln am Horizont bewundern. Mögen Sie Berge?«

Ich antwortete, ja, die Berge gefielen mir sehr, und er fragte zurück, welche, die im Norden oder die im Süden. Der Ton seiner Stimme sagte mir, daß er mit dieser Frage etwas im Schilde führte, und ich betrachtete ihn verstohlen, um anhand seiner Miene zu erraten, welche Antwort ihm genehm sein könnte.

»Eher die im Süden«, sagte ich schließlich, »das ist wohl so ein Tick von mir, aber die im Norden sind mir zu feucht.«

Das hätte ich lieber nicht sagen sollen. Er betrachtete mich schweigend, aber an seinen blitzenden Augen konnte ich ohne weiteres erkennen, daß meine Antwort ein Fehler war. Obwohl sein Kommentar einige Augenblicke auf sich warten ließ, bewegte er unablässig die Finger.

»Logisch, daß jemand wie Sie die Berge seiner Heimat vorzieht«, seufzte er schließlich, »reizende Hügelchen, von Pinien beschattet.«

»Mehr oder weniger«, gab ich zu, denn es schien mir bereits zu spät, ihn zu korrigieren.

»Ich gebe selbstverständlich denen im Norden den Vorzug«, fauchte er.

Und von diesem Moment an begann er sämtliche Knochen seiner linken Hand zu kneten. Er packte jeden Finger – mit Daumen und Zeigefinger der rechten Hand – einzeln beim ersten Glied und zog dann, als ob es sich nicht um Finger, sondern um die verborgenen Köstlichkeiten eines Langustenschwanzes handele.

»Die im Norden. Im Norden«, sagte er immer wieder.

Ich begriff, daß die Heftigkeit seiner Worte einer neuerlichen Kriegserklärung gleichkam, aber zur Entspannung der Situation fiel mir jetzt die Bemerkung ein, die Berge im Norden unterschieden sich vielleicht doch nicht in so grundsätzlicher Weise von denen im Süden, wie er meinte.

»Schließlich und endlich«, bemerkte ich, »sind Berge, egal um welche Sorte es sich handeln mag, ja doch nur mehr oder minder in die Höhe ragende Bodenerhebungen.«

Und ich fuhr fort, der äußere Anblick, den ein Gebirge dem Auge des Betrachters böte, sei von Umständen abhängig, die mit der Natur selbst nichts zu tun hätten. Aber während ich ihm das auseinandersetzte, fiel mir auf, daß ich mit nackten Beinen dasaß, und ich verlor den Faden.

»Über Geschmack«, seufzte ich, und rieb mir die Schenkel, »läßt sich eben nicht streiten.«

Das aber war schon wieder ein Fehler. Dagoberto schoß mir wieder einen seiner mörderischen Blicke zu und wies mit beiden Zeigefingern auf mich, als wären es Pistolen. Er war drauf und dran, etwas mir gewiß höchst Unangenehmes an den Kopf zu werfen, aber im letzten Moment entschied er sich anders und unterließ es. In aller Ruhe steckte er die Pistolen wieder ein – will sagen, er bog gemächlich seine Zeigefinger nach unten –, schüttelte mehrmals den Kopf und verkündete sodann, es helfe alles nichts, wir müßten noch einmal von vorn anfangen.

»Von Anfang an?«, fragte ich niedergeschlagen.

»Vielleicht gelingt es uns dieses Mal besser«, seufzte er und versuchte, mich mit einem Lächeln zu ermuntern.

Es war wie in alten Schulzeiten, als uns der Lehrer befahl, ein ums andere Mal das kleine Einmaleins herunterzuleiern. Auch die Schauspieler fielen mir ein, die einfach nicht den richtigen Ton treffen und ewig dieselbe Szene proben müssen.

Es vergingen ein paar Minuten, und dann setzte sich der Zug wieder in Bewegung, aber schon nach fünfzig bis hundert Metern blieb er vor einer Kohlenhalde stehen, die den Prostituierten offenbar als spanische Wand diente.

Bestimmt kassiert der Lokomotivführer eine saftige Provision, dachte ich bei mir.

Und genau in diesem Augenblick erklang in der Luft das silberhelle Lachen der Solistin unter den Prostituierten. Als sie aufhörte zu lachen, schnalzte ich mit der Zunge und meinte zu Dagoberto, diese Frauen verschössen unnötigerweise ihr Pulver. Ich teilte ihm diese Beobachtung mit, um ihn seinerseits zu irgendeiner Stellungnahme zu bewegen, und auch, damit wir uns auf diese Weise ganz sachte Gesprächsthemen annäherten, die sich nicht immer um das Gleiche drehten.

»Sind Sie auch der Meinung«, fragte ich, »die Prostitution sei das älteste Gewerbe der Welt?«

Diese überaus ordinäre Frage erlaubte ihm, ganz wie ich gehofft hatte, einige allgemeine Bemerkungen über die Welt der Prostitution und des Geschlechtlichen. Dazu hatte auch ich einiges beizusteuern, aber bevor ich noch dazu Gelegenheit bekam, starrte er mir wieder in die Augen und erzählte mir, ehe ich mich versah, von den Großmäulern, die sich rühmen, es fünf oder sechs Mal hintereinander zu treiben.

Dieses Thema war mir zutiefst zuwider, und ich versuchte, das Gespräch auf andere Wege umzuleiten, weshalb ich erleichtert war, als die Stimme der Huren-Solistin wieder erklang. Ich sagte, man könne über diese Frau sagen, was man wolle, sie verfüge jedenfalls über eine engelsgleiche Stimme.

»Da haben Sie nicht ganz unrecht«, meinte Dagoberto.

Und schon redete er über die menschliche Stimme als Musikinstrument. Er erklärte, sie funktioniere wie die Blasinstrumente, bei denen der Ton entweder durch ein pendelndes Luftblatt erzeugt werde, wie bei den Labialpfeifen, oder mit einem doppelten beziehungsweise einfachen Rohrblatt, es sei denn, wir beschränkten uns darauf zu flüstern oder zu flöten, denn in diesem Fall träten die Stimmbänder nicht in Aktion.

Während ich ihm zuhörte, kam mir wieder der Gedanke, er unterrichte vielleicht irgendwo an einem Konservatorium. Kein normaler Mensch, jedenfalls keiner, der von Musik nichts versteht, käme auf den Gedanken, die menschliche Stimme mit Labialpfeifen oder Rohrblattpfeifen zu vergleichen. Ich fragte, ob russische Chöre ihm gefielen, und er verneinte, sie machten ihn trübsinnig, ja, er bekäme dann mitunter sogar Lust sich umzubringen. Er ziehe die Wiener Sängerknaben vor, mit ihren reinen Stimmchen, und dann verbreitete er sich über den beklagenswerten italienischen Brauch, Kinder zu kastrieren, damit sie auch als Erwachsene jene spitze Stimme bewahrten, die eigentlich ein Teil der Kindheit ist. Mit diesen, allem Anschein nach ganz unschuldigen Worten, wollte er mir wahrscheinlich zu verstehen geben, daß auch er meine Stimme, für einen gestandenen Mann, als zu sehr in der Nähe des Diskant erklingend empfinde. Es wäre schließlich nicht das erste Mal gewesen, daß sich jemand über meine Stimme beklagte und so, obwohl er es nicht ausdrücklich sagte, meine Männlichkeit in Zweifel zog.

»Was hätten Sie gemacht«, fragte mich Dagoberto unerwartet, »wenn man Ihnen als Kind die Eier weggenommen hätte?«

Ich sagte, das könne ich mir nicht einmal vorstellen, und er bohrte nicht weiter. Schweigend blickte er zum Wagendach, als ob er da oben einen Anhaltspunkt für einen neuen Dialogversuch entdecken könne.

»Ich glaube, Sie sollten sich lieber noch einmal vorstellen«, bat er mich.

»Also gut«, sagte ich und wappnete mich mit dem Panzer der Leutseligkeit.

Als ich jedoch gerade auf den Gang hinaus gehen wollte, zog die Lokomotive mit einem heftigen Ruck an, und meine Hose fiel herunter. Das erlaubte mir die Bemerkung, in Hosen würde mir womöglich alles besser gelingen und wir seien nicht gezwungen, ständig dieselbe Komödie zu proben.

»Niemand unterhält sich gern in Unterhosen«, sagte ich mit zerknirschter Miene.

Dagoberto schwieg. Er tat so, als habe er meine Worte überhört, nahm die Hose und hängte sie wieder ans Gepäcknetz. Dann erschien ein unheilvolles Lächeln auf seinen Lippen, er verschränkte – in einer eindeutig priesterlichen Geste – die Hände über dem Bauch und musterte mich schweigend zwei oder drei Minuten.

»Sie müssen entschuldigen«, sagte er schließlich, und sein Lächeln wurde noch ein wenig breiter, »ich errate leidenschaftlich gern die Berufe der Unbekannten, denen ich begegne. Ein erregendes Spiel, wie ich finde. Sagen Sie mir doch bitte, und entschuldigen Sie, wenn ich mich irren sollte, Sie sind nicht zufällig Vertreter?«

»Nein, keineswegs«, sagte ich und grinste so gut ich konnte, »Musiker, zu dienen.«

»Musiker? Das ist großartig. Nicht alle Tage bietet sich uns die Gelegenheit, in Gesellschaft eines Künstlers zu reisen. Musiker sagen Sie? Pianist? Geiger? Spielen Sie zufällig Harfe? Oder Cello?«

Er hielt die Hände weiter über dem Bauch gefaltet, veranstaltete aber, während er auf meine Antwort wartete, mit den Daumen eine merkwürdige Bewegung, indem er den einen um den anderen kreisen ließ. Ich sagte, ich spiele Posaune in der Blaskapelle von J. Danach fragte ich ihn, wie schon vorher, ob er schon mal von uns gehört habe.

»Selbstverständlich«, rief er. »Haben Sie nicht letztes Jahr den Nationalen Wettbewerb für Volksmusik gewonnen?«

Nein, erwiderte ich, nicht wir. Ein jeder nach seinen Fähigkeiten.

»Wir spielen natürlich nicht schlecht«, fügte ich hinzu, »aber es gibt bessere.«

Dagoberto akzeptierte meine Klarstellung mit einer kurzen Kopfbewegung. Dann erzählte er mir wieder die Geschichte mit dem Sultan, der das erste Mal, als er eine Posaune sah, der Meinung war, daß der Spieler sein Instrument abwechselnd verschlinge und erbreche.

Was macht ein normaler Mensch, wenn man ihm mit solchen Geschichten kommt, fragte ich mich. Soll er lachen wie ein Irrer? Reicht es, diskret zu kichern? Soll er ein kurzes, schallendes Lachen ertönen lassen? Soll er mit lauter Stimme verkünden, daß Sultane, allen Reichtümern und des Umstands zum Trotz, daß sie in ihrem Serail die schönsten Frauen der Welt beherbergen, arme Idioten seien, die nicht bis drei zählen könnten?

Irgend so etwas gab ich am Ende von mir, und Dagoberto erwiderte, er könne nicht begreifen, warum ich verschiedene Dinge durcheinander brächte, denn im Prinzip hätte die Unwissenheit der Sultane nichts mit der Schönheit der Frauen zu tun, die sie in ihrem Harem gefangen hielten.

»Ich jedenfalls«, bemerkte er, »denke, daß die Nähe schöner Frauen der Weisheit der Männer kaum nennenswerten Schaden zufügen kann.«

Das war mehr oder weniger dasselbe, was ich soeben zu ihm gesagt hatte; wir verhedderten uns in den eigenen Worten –, aber anstatt ihm mit einem Kopfnicken zuzustimmen und das Thema an diesem Punkt als erledigt zu betrachten, gestand ich ihm – in der Absicht, das Gespräch in Gang zu halten –, trotz allem gefielen mir Frauen durchaus.

»Trotz wessen?«, fragte er lächelnd.

»Naja, trotz alledem, was Sie sich vorstellen mögen«, sagte ich augenzwinkernd, aber ohne mir eine Blöße zu geben.

Dagobertos Lächeln verschwand und seine Augen verwandelten sich in zwei schwarze Knöpfe. Seine Daumen, die in den vorangegangenen Minuten nicht stillgestanden hatten, hörten auf, sich zu bewegen, und er betrachtete mich mit Totengräbermiene. Aber dann entspannte er sich wieder, und es erschien das Lächeln von vorhin.

»Ich bezweifle ja gar nicht, daß die Frauen Ihnen gefallen«, sagte er, »aber Hand aufs Herz und nicht geschwindelt: Sind Sie denn auch in der Lage, sie zu befriedigen?«

Ich nahm an, er wollte mich fragen, ob ein beleibter Mensch wie ich, mit einem Bauch wie ein kleines Faß, überhaupt imstande sei, sich, mit der Aussicht auf Erfolg, über, unter oder neben eine Frau zu plazieren.

»Denken Sie, was Sie wollen«, antwortete ich, und zwinkerte ihm noch einmal zu.

»Jedenfalls«, seufzte Dagoberto, »spielen Sie Posaune in einer Blaskapelle, so viel steht fest.«

Aber während ich darauf wartete, daß er wieder anfing, wie schon bei unserem ersten Versuch, von der Klangmächtigkeit der Posaunen zu faseln, schweifte er ab und redete, vielleicht immer noch in Gedanken bei seinem Sultan, von Rimsky-Korsakow und seiner meisterhaften Behandlung der Posaunen bei der Instrumentierung seiner Kompositionen, besonders der Symphonien.

Ich erwiderte, damit sei ich einverstanden und daß sich auch in unserem Repertoire einige Stücke dieses Musikers befänden, den wir alle – das heißt, meine Kollegen und ich – im übrigen, der Einfachheit halber, schlicht und einfach Korsakow nannten.

»Das erscheint mir in höchstem Grade inkorrekt«, bemerkte Dagoberto. »Ich bin ein Feind der Abkürzungen und Diminutive. Die Buchstaben eines Namens sind dazu da, daß sie auch ausgesprochen werden, und zwar alle.«

»Aber es gibt doch Buchstaben, die gar nicht ausgesprochen werden«, versuchte ich zaghaft einzuwenden.

Nicht im Namen Rimsky-Korsakow, wischte Dagoberto meinen Einwand vom Tisch, und ich wußte nicht weiter. Wir schwiegen eine Weile und ich fand, all das habe doch einigermaßen Ähnlichkeit mit einer Konversation zwischen zwei normalen Menschen, das heißt, mit zwei Menschen, die die Zeit totschlugen, indem sie miteinander redeten, die sich freilich erlaubten, von einem Thema zum nächsten zu wandern, ohne allzu ausführlich bei dem einen oder andern zu verweilen.

Vielleicht sind wir auf dem richtigen Weg, sagte ich mir hoffnungsfroh. Und Dagoberto schien dieselben Gedanken zu haben, denn in genau diesem Augenblick blickte er mir wieder geradeaus in die Augen und hüllte mich in ein sehnsüchtiges Lächeln.

»Hoch Korsakow!«, rief ich unvermittelt und hob den rechten Arm, als wollte ich jemandem zuprosten.

»Hoch Rimsky-Korsakow!« stimmte Dagoberto in meinen imaginären Toast ein, »hoch Rimsky-Korsakow und seine herrlichen Posaunen!«

Damit allerdings war ich in eine höchst raffiniert aufgestellte Falle gelaufen, denn er ließ mich in dem Glauben, er habe das ernst gemeint und mir zum guten Ende seine Begeisterung für Posaunen gebeichtet. Ich machte eine Pause, sah ihm jetzt meinerseits in die immer tiefer geröteten Augen und fragte ihn, warum er mich bisher in dem falschen Glauben gelassen habe, er könne Posaunen nicht leiden.

»Was bitte kann ich nicht leiden, worüber ich Sie angeblich im falschen Glauben gelassen habe?«, fragte er und begann wieder, seine Daumen umeinander kreisen zu lassen.

»Blasinstrumente«, erinnerte ich ihn, »zum Beispiel Posaunen.«

Er fragte, wann er angeblich einen solchen Quatsch gesagt habe, und ich antwortete ihm, gerade eben, und er habe es mehrmals wiederholt. Jetzt zeigte seine Miene ehrliches Erstaunen.

»Aber wie das denn«, rief er aus, »wo wir uns doch gerade erst kennengelernt haben? Wir reden eben«, gab er zu und wandte den Blick zum Fenster, »manchmal, ohne nachzudenken, einfach so dahin, was uns gerade einfällt.«

Er schnaufte heftig, vergrub dann seine Nase in meinen Hosenbeinen, die über seinem Kopf baumelten, und schneuzte sich in aller Ruhe und Ausführlichkeit, aber ich tat, als hätte ich es nicht bemerkt. Meine Uhr war bei Punkt viertel nach sieben Uhr nachmittags stehengeblieben, aber ich hütete mich, ihn zu fragen, wie spät es sei, denn er hätte es als Beweis auffassen können, daß ich mich unwohl fühlte und den Augenblick herbeisehnte, wenn ich ihn endlich los wäre. Ich kalkulierte, es müsse ungefähr acht Uhr sein und redete mir ein, wenn alles gut ginge, könne ich in einer Stunde am Ziel sein.

Dagoberto schaute unterdessen weiter zum Fenster hinaus, obwohl nichts zu sehen war. In diesen Augenblicken erschien er mir sehr traurig. Ich erinnere mich, daß seine Daumen immer langsamer umeinander kreisten, als ob sie nicht mehr richtig aufgezogen seien, und daß von Zeit zu Zeit sogar die Daumenkuppen aufeinander liegen blieben. Mag sein, daß er in diesen Momenten all seine Grobheiten bereute oder sich eingestand, daß ich letztlich doch kein so lächerlicher Reisebegleiter war, wie er anfangs gemeint hatte.

Nicht einmal in diesem Moment jedoch wagte ich, ihn um meine Hose zu bitten. Nicht um alles in der Welt traute ich seinem Schafspelz. Also blieb ich weiter mit nackten Beinen sitzen und frottierte mir von Zeit zu Zeit die Schenkel, damit sie ein bißchen warm blieben, während Dagoberto, immer noch die Nase ans Fenster gepreßt, schon wieder erzählte, bei Tag könnten wir am Horizont schneebedeckte Berge sehen. Er räusperte sich kurz, vielleicht, um einen Frosch aus dem Hals zu bekommen – vielleicht aber auch, um mir Angst zu machen, denn sein Räuspern war eigentlich eher ein Knurren –, und dann fragte er mich, auch nicht zum ersten Mal, welche Berge mir besser gefielen, die im Norden oder die im Süden.

»Die im Norden natürlich«, sagte ich jetzt, durch Erfahrung vorgewarnt.

Während einiger Minuten verharrte Dagoberto, die Nase ans Fenster gepreßt, ohne einen Kommentar von sich zu geben. Dann bewegte er mehrmals den Kopf von links nach rechts.

»Nun, mir gefallen eher die im Süden«, flüsterte er und zuckte die Schultern.

Er log wie gedruckt, das merkte ich gleich, und zwar einzig und allein, um mich aus der Fassung zu bringen. Sein Spiel war vollkommen klar: Er sagte mir jetzt, die Berge im Süden gefielen ihm besser, um zu sehen, ob ich, der ich soeben – um nicht noch mehr Probleme zu schaffen – denen im Norden den Vorzug gegeben hatte, einen fliegenden Wechsel veranstalten und ihm weismachen würde, daß ich letztlich eben doch weiterhin die im Süden vorzöge.

»Ja, mein Herr, meine Liebe gehört den Bergen des Südens«, behauptete er und kniff mißtrauisch die Augen zusammen. »Ich weiß, vorhin habe ich etwas anderes gesagt, aber in Wahrheit bezaubern mich jene lieblichen, baumbestandenen Höhen, in denen sich nach Herzenslust umherstreifen läßt, und wo man, im Schatten einer Pinie lagernd, eine Kartoffel-Tortilla verspeisen kann.«

Und schon setzte er wieder seine schalkhaft unternehmungslustige Miene auf und fragte mich, ob ich Kartoffel-Tortillas mochte, worauf ich erwiderte, es gäbe für mich nichts Schöneres, vor allem, wenn ein paar Zwiebeln dran seien.

»Oh ja«, rief er und fuhr sich mit der Zunge über die Lippen, »finden Sie nicht auch: Der Mann, der die Kartoffel-Tortilla erfand, hat ein Denkmal verdient.«

Aber ich fiel nicht herein auf die Falle mit den Bergen und hütete mich zu sagen, was er erwartete. Jetzt fragte er mich, was ich von der Artischocken-Tortilla hielt, und ich erwiderte, auch die möge ich, wenn auch nicht so gern wie die mit Kartoffeln und Zwiebeln.

»Aber Tortillas mit Knoblauch kann ich nicht leiden«, sagte ich.

»Die begeistern mich auch nicht«, bemerkte er und steckte die Hände in die Taschen, als ob ihn der Anblick seiner Finger störte.

Hätte uns in diesem Moment jemand zugehört, er hätte uns nicht beschuldigen können, daß wir nicht alles dransetzten, ein normales Gespräch zu führen. Die Hände immer noch in den Taschen, gestand mir Dagoberto jetzt mit einem schamhaften Lächeln – als lüfte er ein sündiges Geheimnis –, daß ihm Tortillas mit Kürbis womöglich noch besser schmeckten als die mit Kartoffel und Zwiebeln oder die mit Artischocken, daß er die mit Knoblauch aber nicht ertragen könne, ja, er könne es nicht einmal ertragen, wenn sie jemand in seiner Gegenwart verzehre.

Bei diesem Geständnis fiel mir der Klarinettist aus unserer Blaskapelle ein, der Knoblauch über alles liebte, und ich erzählte Dagoberto, bei Proben in geschlossenen Räumen würde uns anderen deshalb fast übel.

»Na sagen Sie mal!«, rief Dagoberto, »wie können sie denn ein solch verabscheuungswürdiges Subjekt in Ihrer Mitte dulden?«

»Immerhin«, bemerkte ich, damit er nicht auf den Gedanken kam, ich würde ihm nach dem Mund reden, »heißt es, Knoblauch sei gut für die Verdauung.«

»Das kommt darauf an, was Sie essen«, erwiderte Dagoberto.

Eine dämliche Antwort war das, und vor allem nicht korrekt, aber ich sagte nichts. Während ich schwieg, verbreitete sich Dagoberto über Dracula, der ebenfalls einen Widerwillen gegen Knoblauch hegte. Und er fuhr fort, wenn er ihm auf der Kinoleinwand begegne, fühle er sich befreit von seltsamen und geheimnisvollen Neigungen.

»Was für Neigungen denn?«, fragte ich.

Er antwortete nicht, aber starrte mich an aus seinen roten Augen und streichelte mit dem Finger den Eckzahn neben seinem silberbeschlagenen Hauer. Dann fuhr er wieder mit der Hand in die Hosentasche und starrte mir weiter ins Gesicht. Ich fand den Witz geschmacklos. Die Lokomotive stieß in diesem Moment mehrere kurze Pfiffe aus, als verlange sie freie Fahrt, und Dagoberto sagte, mit zurückgelehntem Kopf und herabgelassenen Lidern – möglicherweise, damit ich seine Augen nicht sehen konnte –, Dracula sei eine Art Psychoanalytiker, der auf passive Art die Lasten all jener verklemmten Kinogänger erdulde, die kämen, um ihn zu sehen.

»Wenn Sie mich fragen«, bemerkte jetzt ich, »dieser Dracula ist ein Wüstling wie er im Buche steht. Es gibt nicht eine Frau, die in seinen Filmen auftritt, die nicht davon profitierte.«

»Was meinen Sie damit, wenn Sie von profitieren reden?«, fragte er, öffnete die Augen und zwinkerte mit dem linken.

Lächelnd erwiderte ich, er habe mich schon ganz gut verstanden. Aber dann fügte ich ernst hinzu, wir alle hätten etwas übrig für Frauen, aber es gäbe schließlich solche und solche Formen, sie zu gewinnen, und ich fände es nicht schicklich, sie in den Hals zu beißen.

Wie gesagt, diese Bemerkung machte ich halb im Scherz, und Dagoberto gab keinen Kommentar. Eine ganze Zeitlang schwieg er mit geschlossenen Augen und den Händen in den Hosentaschen. Ohne die Augen zu öffnen, aber in verändertem Ton, fragte er mich dann, ob ich tatsächlich der Ansicht sei, daß Dracula einen Widerwillen gegen Knoblauch hege. Ich sagte ja, er habe das ja eben selbst gesagt, aber Dagoberto schien schon wieder ein anderer Mensch geworden und gab in respektvollem Ton zu bedenken, daß dem Knoblauch in der Tat beträchtliche medizinische Tugenden innewohnten, er sei reich an Jod und Schwefel und schütze gegen Arteriosklerose, weil er anregend auf den Blutkreislauf wirke.

»Wenn Sie meine Meinung wirklich interessiert«, sagte er, »ich bin überzeugt, daß Dracula überhaupt nichts gegen Knoblauch einzuwenden hatte.«

Ich fragte, worauf sich diese Meinung stütze und er erwiderte, Dracula hätte gewiß im ganzen Land für die Verbreitung der Ansicht, er habe gegen Knoblauch einen Widerwillen, eigens gesorgt, mit dem Ziel, den Knoblauchkonsum unter den Dorfbewohnern anzuheizen, um sicher sein zu können, daß das Blut in den Adern seiner Opfer reibungslos und ohne Stockungen flösse, wie ein köstlicher, unerschöpflicher Lebensquell.

»Verstehen Sie mich jetzt?«

Nach dieser Frage fuhr er sich mit der Zunge über die Lippen, als ob ihm das Wasser im Mund zusammenliefe, und schnurrte wie ein Kater. Höchstwahrscheinlich war das wieder einer seiner geschmacklosen Witze, aber ich gestehe, daß ich eine Gänsehaut bekam. Als Dagoberto merkte, daß er mich erschreckt hatte, streckte er die Hand aus und gab mir einen Stubser auf die Nase.

»Ich glaube, im Grunde sind Sie ein guter Kerl«, sagte er.

Ich dankte ihm das Kompliment mit einem Lächeln, und um das herzliche Klima weiter zu beleben, sagte ich, da er schon einmal so offen gestanden habe, wie gut ihm die Berge des Südens gefielen, fühlte auch ich mich verpflichtet, ihm mit allem Ernst zu wiederholen, daß mir die Berge des Nordens lieber seien, und daß ich das nicht sage, um seinen Ohren zu schmeicheln, sondern weil ich ernsthaft so dächte und fühlte.

»Meinen Sie das im Ernst?«, fragte er.

Ja, durchaus, sagte ich, und mit demselben Ernst, mit dem ich den Bergen im Norden gegenüber denen im Süden den Vorzug gebe, würde ich auch Violinen den Posaunen vorziehen.

»Das schwöre ich beim Heil meiner Söhne«, sagte ich, obwohl ich gar keine hatte.

Es war das Tüpfelchen auf dem i. Dagoberto hob die Hand zum Gepäcknetz, um mir die Hose zurückzugeben, aber im letzten Moment besann er sich eines besseren und steckte die Hand wieder in die Tasche.

»Wie kann ich sicher sein, daß Sie tatsächlich die Berge im Norden lieber mögen?«

»Sehen Sie mir in die Augen, und Sie werden dort die Wahrheit finden«, sagte ich, sah ihm mit weit aufgerissenen Augen ins Gesicht. Ich hätte genausogut der Polizei die Tür meines Hauses öffnen und uns alle einem Verhör mit unvorhersehbaren Folgen aussetzen können. Dieses Mal jedoch war es Dagoberto, der meinem Blick nicht standhalten konnte.

»Sie müssen entschuldigen, aber ich mag sie nicht so anstarren«, sagte er. »Sie haben schwarze, samtene Augen wie ein Zebu. Fast graust es mich ein wenig. Typisch südländische Augen übrigens, kein Zweifel.«

Er redete, als ob er sich lustig machen wollte, aber ich fand, jetzt sei der letzte, entscheidende Zeitpunkt gekommen und ich nahm all meinen Mut zusammen.

»Egal, was mit meinen Augen ist«, sagte ich, »ich mag Violinen lieber, und auch die Berge im Norden.«

Kaum hatte ich das gesagt, da entdeckte ich, daß ich der stärkere von uns beiden war. Von diesem Moment an jedoch hätte ich lieber schweigen und abwarten sollen, daß sich die Dinge von selbst regelten. Aber ich wollte die ganze Plackerei ein für allemal beenden und sagte, ich sei dermaßen vernarrt in Violinen, daß keine Nacht verginge, in der ich nicht von ihnen träumte.

Das war mächtig übertrieben, aber ich wollte damit ihm und mir selbst beweisen, daß ich wieder der alte war, also jemand, der seinem eigenen Mutterwitz und seiner Überredungskunst vertraut, um sein Gegenüber zu gewinnen und das Wasser auf seine Mühlräder zu leiten.

»Können Sie sich vorstellen«, fragte ich ihn immer wagemutiger, »daß ich als Kind drauf und dran war, das Violinspiel zu studieren?«

Und ich erzählte ihm noch einmal die ganze Geschichte vom Anfang unserer Reise: Früher Tod meiner Eltern, Adoption durch eine unnatürliche

Tante und schließlich Einweisung in ein Waisenhaus, wo mir, ohne daß ich eine eigene Entscheidung treffen konnte, das Posauneblasen beigebracht wurde.

»Dort, in jener Kaserne«, sagte ich, »mußte ich meinen liebsten Träumen Lebewohl sagen.«

Mit diesem Geständnis waren wir wieder an einem Punkt angelangt, wo wir schon vorher verweilt hatten, aber plötzlich, ohne irgendeinen ersichtlichen Grund, fragte mich Dagoberto, ob es mir etwas ausmache, im Dunkeln zu reisen, und ehe ich eine Antwort geben konnte, war er schon aufgestanden und hatte das Licht ausgeknipst. Das war ein weiterer Schritt zurück, aber ich bemühte mich, tapfer zu lächeln.

»Glauben Sie denn«, fragte ich, »daß es in meinem Alter noch nicht zu spät ist, meine Träume zu verwirklichen?«

»Ich bin davon überzeugt«, kam die Antwort.

Aber er sagte das ohne große Überzeugung – eigentlich nur, um das Spiel weiterzuspielen –, und als ich seufzend und traurig dreinblickte – um ihm zu verstehen zu geben, daß ich keineswegs so überzeugt davon sei –, schien er es sich noch einmal besser überlegt zu haben, denn er änderte den Ton und verkündete, es sei vielleicht schon zu spät, und zwar nicht nur zum Geigelernen, sondern für vieles andere mehr, und ich sollte besser nicht so viel träumen und mir zu große Illusionen machen.

»Genau das glaube ich auch«, flüsterte ich.

Es war noch ein Schritt zurück. Ich konnte ihn nicht sehen, stellte ihn mir aber vor, wie er auf seinem Sitz hockte, den Blick in die Nacht gerichtet, wie er gierig die Finsternis in sich hineinschlürfte, als könne er sie in Energie verwandeln.

»Keine Träume, keine Träume«, hörte ich ihn zwischen den Zähnen hervorknurren.

Wahrscheinlich redete er mit sich selbst. Ich wollte etwas sagen, aber in diesem Moment schien mir, daß seine Finger schwach zu leuchten anfingen. Angestrengt blickte ich ins Dunkel und konnte, aufgrund dieser seltsam phosphoreszierenden Erscheinung, erkennen, daß er seine Hände wieder über dem Bauch gefaltet hatte, die Daumenkuppen aufeinandergelegt. Ich sagte mir, dies könnten nur meine eigenen Hirngespinste sein, mir kam aber auch der Verdacht, er könnte sich die Hände mit irgendeiner Tinktur eingerieben haben, einzig und allein, um mich zu erschrecken.

»Sie glauben also nicht daran«, fragte ich ihn, um die Stille zu brechen, »daß erst der mit Blut geschriebene Buchstabe einen Sinn ergibt?«

Er erwiderte, er könne den Sinn meiner Frage nicht verstehen, und ich erklärte ihm daraufhin, schon vor mehreren Tagen sei mir die Idee gekommen, die Genossen aus der Blaskapelle, mich selbst natürlich eingeschlossen, einer körperlichen Züchtigung zu unterziehen – ein paar Stockhieben zum Beispiel –, weil das Zusammenspiel nicht mehr so gut klappte.

»Nichts gesünd'res als die Regel: Prügel machen frisch und kregel!«, verkündete Dagoberto aus tiefster Finsternis. Um aber die Rohheit seines Sprüchleins abzumildern, fügte er sofort hinzu, daß Menschen, die nicht von Zeit zu Zeit gezüchtigt würden, auch nichts lernten, und daß ihm mein Vorhaben sehr sinnvoll erscheine.

Seine Hände waren unterdessen langsam wieder erloschen und hatten sich schließlich in Luft aufgelöst, als habe die Finsternis sie verschluckt. Ich redete mir weiter ein, das seien Wahngebilde, aber als ich den Kopf hob, um die Stelle zu suchen, wo sich, wie ich vermutete, sein Kopf befinden mußte, schien mir, daß seine Augen rötliche Funken versprühten, als ob das Licht aus seinen Händen die Farbe gewechselt und sich in seinem Blick konzentriert hätte.

»Also gut«, seufzte er, »wir waren dabei stehengeblieben, daß Sie in der Blaskapelle von J. Posaune spielen.«

»Nicht mehr und nicht weniger«, flüsterte ich, und meine Vorahnungen verdüsterten sich immer mehr.

»Auf den ersten Blick«, sagte er, »hätte ich Sie für einen Vertreter gehalten.«

»Ich bin aber Musiker«, korrigierte ich, »freilich darf ich sagen, daß ich nichts einzuwenden habe gegen Vertreter. Ich finde, das ist ein ehrenwerter Beruf wie jeder andere.«

Vielleicht war meine immer mehr verdüsterte Stimmung schuld, aber ich hatte den Eindruck, daß sich seine Augen allmählich in glühende Kohlen verwandelten. Eine Anspielung auf dieses neuerliche Wunder wollte ich jedoch vermeiden. Es war nicht mehr weit bis K. und ich sagte mir, daß alle Anstrengungen, mit heiler Haut das Reiseziel zu erreichen, mehr als gerechtfertigt seien. Ich verzichtete auch weiterhin darauf zu rauchen, um ihn nicht zu molestieren und sagte – indem ich Mut aus meiner traurigen Lage zog und versuchte, seinem teuflischen Blick auszuweichen –, wir dürften stolz auf uns sein, denn immerhin hätten wir es fertiggebracht, uns wie zwei zivilisierte Personen aufzuführen.

»Gewiß werden Sie mir recht bald meine Hose zurückgeben«, erinnerte ich ihn.

»Gewiß, gewiß«, murmelte er unbestimmt.

Dann sagte er noch, es wäre besser, wenn ich mir keine falschen Hoffnungen machte, denn unser Zug sei nicht besonders zuverlässig, es könne durchaus der Fall eintreten, daß er sich beträchtlich verspätete.

Ja, nicht ausgeschlossen sei es sogar, daß er an weiteren Bahnsteigen hielt, und zwar einzig und allein, um einem neuen Heer von Frauen eine günstige Gelegenheit zu bieten und, vor allem, unsere Tugend auf die Probe zu stellen.

»Die Lokomotivführer, die auf dieser Strecke ihren Dienst tun, sind unberechenbar«, seufzte er, »ehe man es sich versieht, schließen sie ein Ventil oder öffnen ein anderes und schon sind all unsere Vorausberechnungen Schall und Rauch.«

»Langsam, langsam«, flüsterte ich, während meine Sorgen immer größer wurden.

Und damit schwiegen wir, eine ganze Weile, während seine Augen wie zwei glühende Kohlen unverwandt durch die Finsternis leuchteten. Wieder redete ich mir beruhigend zu, das seien meine

Hirngespinste. Und während ich meinen Mut zusammennahm und mich endlich dazu durchrang, den Fehdehandschuh aufzunehmen, stellte ich fest, daß der rötliche Schein seines Blicks langsam erlosch, bis auch er, wie vorhin schon die Hände, von der Finsternis verschluckt worden war.

»Nun gut«, stöhnte Dagoberto.

Wieder erhob er sich mit einem Ruck und machte Licht im Abteil.

Hierauf ging er zurück zu seinem Sitz und verkündete mit unendlich müder Stimme, wir seien gescheitert und müßten es noch einmal versuchen mit unserem Dialog.

»Und wir sollten keine Zeit verlieren«, bat er, »sagen Sie mir also bitte nochmals wie Sie heißen, was Sie treiben und welches Ihr Reiseziel ist.«

»Ich heiße Juan M. und bin Musiker«, sagte ich wie ein Automat, um herauszufinden, ob er merkte, wie albern das alles war. »Ich spiele Posaune in der Blaskapelle von J. Meine Kameraden dürften mich in K. erwarten. Morgen abend geben wir im Heereskulturzentrum ein Konzert mit Volkstänzen und Militärmärschen.«

»Waren Sie das nicht«, fragte er, »die letztes Jahr den Wettbewerb für Volksmusik gewonnen haben?«

Ich antwortete, nein, aber ohne weitere Einzelheiten. Er fragte weiter, ob ich die Geschichte mit dem Sultan kenne, und als ich bejahte, wollte er wissen, wer sie mir erzählt habe.

»Sie selbst haben sie mir erzählt, vor ein paar Minuten«, erlaubte ich mir, ihn zu erinnern.

»Unmöglich!«, rief er und wölbte die Augenbrauen, »wir haben uns doch gerade eben erst kennengelernt.«

Einen Moment lauerte er auf meine Antwort, und in genau diesem Augenblick verlor ich meinen letzten Zweifel, daß er wieder die Kriegsflagge gehißt hatte, wenn er sie denn überhaupt je eingezogen haben sollte, daß er also wieder ganz der alte war. Ich entschied, es sei das beste, ihm mit einer gerissenen Finte zu begegnen, und sagte, obwohl ich meinen Lebensunterhalt mit Posauneblasen verdiente, seien es doch die Geigen, denen meine wahre Liebe gehörte.

»Geigen sind gewiß etwas Wunderbares«, sagte er, »aber es gibt andere Instrumente, die Flöte zum Beispiel, beziehungsweise, um genau zu sein, die Piccolo-Flöte.«

Seine Daumen begannen mit größerer Geschwindigkeit umeinander zu kreisen. Er richtete sich etwas auf, begann zu lächeln und präsentierte bei dieser Gelegenheit einmal mehr seinen Silberzahn.

»Wußten Sie, daß die Piccolo-Flöte über das breiteste Repertoire verfügt?«

»Nein, natürlich nicht, woher denn auch, keine Ahnung«, seufzte ich, als schämte ich mich meiner Unwissenheit.

»Was wissen Sie eigentlich?«, fragte er, immer noch lächelnd, und rückte mir etwas näher.

Jetzt wurde es langsam gefährlich, aber wieder zog ich frischen Mut aus meiner prekären Lage und versuchte, sie unter Kontrolle zu bringen.

»Schauen Sie mal«, sagte ich, ihm treuherzig in die Augen blickend, »ich werde Ihnen jetzt einmal ganz genau sagen, was mir gefällt: Ich weiß, zum Beispiel, daß mir Berge im Norden gefallen, und außerdem Violinen, aber auch Piccolo-Flöten. Eigentlich habe ich mich entschlossen, daß mir alles gefällt, was auch Sie mögen.«

Ich glaube, er war positiv beeindruckt von der Tatsache, daß ich nach allem, was er mir angetan hatte und nach allen geduldig hingenommenen Erniedrigungen ihm immer noch ohne Groll in die Augen sehen konnte. Dann fiel mir ein, daß er meinen Zebu-Blick nicht ertragen konnte, und ich überlegte, es wäre vielleicht nicht ratsam, diesen Ausweg zu mißbrauchen. Also senkte ich den Blick zu seinen Fingern, aber der Schlauberger vergrub seine Hände sofort in den Taschen, als wüßte er, daß seine Finger ihn verrieten, daß man an ihnen seinen Seelenzustand ablesen konnte.

»Violinen sind jedenfalls eine Sache für sich«, seufzte er, »mit ihnen ist nicht zu spaßen. Wußten Sie, daß ich vor Jahren einer der besten Geiger war, die dieses Land hervorgebracht hat?«

»Welches Land?«, fragte ich, um zu erfahren, ob er tatsächlich das ganze Land meinte oder nur die Gegend, durch die wir fuhren.

Er fand wohl, es habe keinen Sinn, mir dies genauer zu erklären, und schwieg eine Weile, während er vermutlich ein neues Gesprächsthema suchte. Den Kopf zurückgelehnt, schloß er die Augen, und auf seiner Stirn erschienen kleine Falten, die ich vorher bei ihm noch nicht gesehen hatte. Auch in diesem Moment hätte ich nicht sagen können, ob er nun unsere kleine Komödie weiterspielte oder nicht. Schließlich gestand er mir – mit geschlossenen Augen –, daß er das Violinspiel aufgrund eines Autounfalls aufgeben mußte. Zweimal überschlagen, drei Monate im Krankenhaus und viermal an der Hand operiert.

»Mein Gott!«, seufzte ich, während mir einiges klar wurde.

»Oh, sparen Sie sich Ihr Mitgefühl«, rief er, »ich habe andere Dinge gefunden, die das Weiterleben gelohnt haben.«

Und indem er sich wieder aufrichtete, verriet er mir, die Menschen irrten sich, wenn sie meinten, sie müßten sich für ein einziges Ziel begeistern; es gebe nämlich vielerlei Gründe weiterzuleben. So habe sich, während er im Hospital gelegen habe, seine Welt bevölkert mit merkwürdigen, zärtlichen Kreaturen, die ihm neue Lebenskräfte einflößten, damit er weiter auf dieser Welt leben konnte, ohne auf ein Lächeln zu verzichten: bärtige Frauen, Meeressirenen, Wasserprälaten, zweiköpfige Portugiesen, kleine grüne Chinesen, feuerfeste Araber.

»Eines Nachts, ich lag noch im Hospital«, setzte er mir auseinander, während er nach und nach die Augenlider herabfallen ließ, »erschien mir mein erstes Monster. Es trat ein, ohne anzuklopfen, und sah mir in die Augen.«

Mit einem langen Pfiff hielt jetzt der Zug, und unser Wagen blieb an einem schlecht beleuchteten Bahnsteig stehen. Seine Vorahnungen hatten sich rascher erfüllt als erwartet. Der Bahnsteig war menschenleer und die Bahnhofsuhr zeigte auf viertel vor acht.

»Die Kreatur setzte sich ans Kopfende meines Betts und legte mir die Hand auf die Stirn«, redete Dagoberto weiter.

Was er mir erzählte, war mir allzu verwegen, als daß ich es ohne irgendeine kleine Beobachtung hätte schlucken mögen. Möglicherweise wäre es sogar gefährlich gewesen, alles ohne Widerspruch für bare Münze zu nehmen, und so sagte ich denn in aller Freundlichkeit, ich fände es recht unwahrscheinlich, daß Monster in Hospitalzimmer eindringen, um sich nach dem Wohlergehen der Kranken zu erkundigen.

»Wenn Sie mich fragen, war das eher eine Krankenschwester«, bemerkte ich, »vielleicht haben Sie sie, vom Fieber geschüttelt, für ein Monster gehalten.«

Da ich sah, daß meine Erklärung ihm nicht gefiel, änderte ich sie ein wenig ab und sagte, daß er in jener Nacht im Fieberwahn Phantasie und Realität durcheinandergebracht haben könnte und jetzt nicht mehr unterscheiden könne, was er damals tatsächlich gesehen und was er sich nur eingebildet hatte.

»Kann sein«, murmelte er. Und schon hörten seine Daumen auf, sich zu drehen. Er betonte sein Lächeln ein wenig mehr, seine Stirn bevölkerte sich wieder mit den kleinen Fältchen und ich begriff, daß die Geschichte vom Autounfall und dem Krankenhausaufenthalt nur ein Vorwand war, um wieder mit den Monstern anzufangen.

»Fest steht«, bemerkte er, »daß Monster einzig und allein dazu da sind, daß wir lernen, sie zu lieben.«

Das hatte er mir schon erzählt – ich konnte mich noch genau erinnern –, aber der Sinn dieser Worte entging mir auch jetzt. Allerdings war ich nicht so unvorsichtig, ihn um eine Erklärung zu bitten. Ich beschränkte mich stattdessen auf eine zustimmende Kopfbewegung. Als ich hinaus auf den Bahnsteig sah, bemerkte ich, daß die Uhr, die von der Überdachung herabhing, immer noch auf viertel vor acht stand. Ich hielt den Atem an und sog die tiefe Stille, gekrönt vom fernen Schrei einer Eule, in mich ein. Nachdem wir eine ganze Weile stumm dagesessen hatten, bat ich ihn, mir weiter von Monstern zu berichten. Er dankte es mir mit einem Lächeln.

»Ich rede nie von Monstern«, sagte er, »außer, ich werde darum gebeten.«

Ich gestand ihm, Monster hätten mich schon immer interessiert – obwohl ich mir in diesem Moment nicht ganz sicher war, ob das den Tatsachen entsprach –, und Dagoberto redete jetzt weiter von dem Ungeheuer, das ihn am Krankenbett heimgesucht hatte.

»Eine merkwürdige, romantische Dame«, seufzte er.

Ich hatte den üblen Einfall, den Witzbold zu spielen, und fragte, ob es sich um eine jener Frauen mit multiplen Brüsten handelte, von denen schon die Rede gewesen sei. Er schleuderte mir einen wütenden Blick zu, biß die Zähne zusammen, entspannte sich dann jedoch wieder – er vertagte seine Rache –

und antwortete, nein, aber anstatt mir das Monströse dieser Frau näher zu erläutern, redete er mit wachsender Begeisterung von ihren ausladenden, rundlichen Hüften, die weitaus umfangreicher ausfielen als die Schulterpartien, vor allem aber von einem kleinen, aufgerichteten Körperteilchen, dem Penis eines Mannes nicht unähnlich, das etwa in Höhe der oberen Nahtstelle ihrer großen Lippen hervorwuchs.

»Welche Lippen meinen Sie?«, fragte ich.

Dagoberto sah mich geheimnisvoll an.

»Denken Sie, was Sie wollen«, flüsterte er.

Später erst ging mir auf, das kleine Körperteilchen könne nichts anderes sein als eine landläufige Klitoris, und um ihm zu zeigen, daß ich, wenn auch mit Verspätung, seinen Sinn für Humor durchaus zu schätzen wisse, wäre ich fast in schallendes Gelächter ausgebrochen.

»Sie sind wirklich einmalig«, sagte ich, »Leute wie Sie sollten ewig leben.«

Meine Beine waren inzwischen eiskalt. Ein bißchen wärmer wären sie geworden, wenn ich mir auf die Schenkel geklopft hätte, aber ich traute mich nicht, weil ich fürchtete, er könne es als eine verdeckte Forderung, meine Hose betreffend, mißverstehen. Also schlug ich ein Bein über das andere, um wenigstens das untere ein bißchen zu wärmen, und nahm mir vor, ihn um meine Hose zu bitten, sobald sich der Zug wieder in Bewegung setzte. In diesem Augenblick begann sich Dagoberto über die Schönheit meiner Beine zu verbreiten. Ich erwiderte, oh ja, dieses Kompliment hätten mir auch schon diverse Frauen gemacht.

Er fragte, was das bitte für Frauen gewesen seien.

»Die eine oder andere«, erwiderte ich augenzwinkernd.

Hätte er mir weitere diesbezügliche Erklärungen abverlangt, so hätte mich das gestört, aber er stellte keine weiteren Fragen, sondern kehrte zurück zu seinem Lieblingsthema. Einmal mehr erinnerte er mich, daß die Liste der Monster unendlich sei und zog gar die Möglichkeit in Betracht, wenn er aus dem Zug aussteige, könnten ihm auf dem Bahnsteig weitere Ungeheuer gegenübertreten, die ihn dort erwarteten.

»So sieht's aus«, sagte ich jetzt, »während Sie die Bekanntschaft all dieser Persönlichkeiten machen, werde ich mit meinen Kumpanen in einer Pension der zweiten, ja womöglich sogar der dritten Kategorie absteigen.«

Dagoberto fuhr sich mit der Hand über die Stirn, als wolle er die Falten wegbügeln, und nickte mehrmals.

»Sie haben ja überhaupt keine Ahnung, Hilario!«, rief er. »Sie sind einfach ein Glückspilz! Sie brauchen keine Ungeheuer! Machen Sie sich eigentlich klar, daß ich allen Grund habe, Sie zu beneiden? Sie greifen zur Posaune, ihre Lippen produzieren gewaltige Luftströme! Sie verwandeln sich in einen neuen Aäolus, der seine Ketten zerbricht und Orkane nach Backbord und Steuerbord versendet!«

Ich fand, in diesem Stadium der Unterhaltung sei es bereits zu spät, ihn daran zu erinnern, daß ich nicht Hilario hieß. Also sagte ich, schon gut, aber er solle sich nicht so lustig über mich machen, ich müßte mich ja in Grund und Boden schämen.

»Was für Orkane bitte soll ein Mann in meinem Alter schon produzieren?«, fragte ich.

»Seien Sie nicht so bescheiden«, meinte er, »denn nur zu oft ist Bescheidenheit die Schwester der Heuchelei. Sie haben allen Grund, stolz zu sein. Posaune in einer Blaskapelle zu spielen ist schließlich nicht jedem Sterblichen gegeben. Wußten Sie übrigens«, fragte er mich dann, während sich seine Augen schon wieder röteten, »was Wagner und Sibelius über Posaunen gesagt haben?«

»Ich glaube ja«, murmelte ich, ohne mich weiter vorzuwagen, das heißt, ohne ihn daran zu erinnern, daß er auch das schon erzählt habe.

»Und Sie wissen auch, auf welche Gedanken ein Sultan kam, als er das erste Mal eine Posaune sah?«

Dieses Mal machte ich ein überraschtes Gesicht und verneinte mit einem feierlichen Kopfschütteln, um ihm das Vergnügen zu machen, mir die ganze Geschichte noch einmal zu erzählen.

»Jener Sultan«, fuhr er fort, indem er eine leichte Variation im Vergleich zur früheren Version der Geschichte einfügte, »war der Ansicht, Posaunen seien eßbar.«

Kaum hatte er das gesagt, blickte er hinaus auf den Bahnsteig und schwieg. Er vergrub seine Hände in den Taschen – seine Finger hatten übrigens nicht wieder zu leuchten begonnen, seit er das Licht wieder angeknipst hatte – und verkündete, wir würden unsere jeweiligen Bestimmungsorte sicher mit größerer Verspätung als ursprünglich vorgesehen erreichen. Und er erlaubte sich hinzuzufügen, daß uns gewiß niemand am Bahnhof erwartete.

»Warten macht müde«, flüsterte er.

Das gesagt, suchte er eine bequemere Stellung, schloß die Augen und begann übertrieben zu schnarchen, als hätte ihn von einem Moment auf den anderen der Schlaf überwältigt. Tatsächlich wollte er mir auf diese humorvolle Art zu verstehen geben, daß es ihm vollkommen wurst sei, ob jemand am Bahnhof auf ihn wartete oder nicht. Während er also weiterschnarchte wie Kinder, wenn sie sich schlafend stellen, kam mir der Gedanke, dieser Zug sei mir gerade zur rechten Zeit in die Quere gekommen, um meine Grenzen klar zu erkennen, und ich könnte die Reise in gewisser Weise auch als eine Art Fegefeuer zur inneren Erneuerung betrachten. Wahrscheinlich bin ich doch nicht so schlau und so nett wie ich immer gedacht habe, sagte ich mir.

Dummes Zeug, schon möglich, für mich aber hatte dieser Gedanke etwas Tröstliches, und er gab mir Kraft, dem letzten Teil der Reise gefaßt ins Auge zu sehen. So saß ich schweigend da, betrachtete Dagoberto – der inzwischen tatsächlich einzuschlafen schien – und mir kam der Gedanke, daß uns die Lokomotive womöglich in Länder zog, von denen kein Mensch je wiederkehrt. Vielleicht behielt er mich ja durch seine geschlossenen Wimpern hindurch im Auge, aber ich war der Meinung, solange seine Augenlider herabgelassen waren, könnte ich ihn in aller Ruhe betrachten, ohne die Furcht, er könne sie plötzlich wieder hochziehen.

Es ist doch einfach nicht normal, sagte ich mir, indem ich mit den Blicken sein Profil abtastete, daß Geiger so gut über Knoblauch Bescheid wissen. Und es ist auch nicht normal, daß ein Mensch wie du und ich leuchtende Hände und einen rotglühenden Blick hat.

Zu diesem Zeitpunkt war Dagoberto fest eingeschlafen und hatte aufgehört zu schnarchen, aber nicht einmal jetzt traute ich mich, meine Hose wieder an mich zu nehmen. Vielleicht ist er ja doch ein Vampir, sagte ich zu mir, und mir fiel wieder ein, was er alles über Knoblauch erzählt hatte.

»Mögest Du nie wieder erwachen«, murmelte ich und schlug über sein schlafendes Haupt das Kreuz.

In diesem Moment gab es wieder einen Ruck, und sofort erwachte Dagoberto, öffnete jedoch nur ein Auge.

»Wo schauen Sie hin?«, fragte er.

»Ich betrachte Sie«, antwortete ich, weil ich mir nicht schnell genug eine bessere Antwort zurechtlegen konnte.

»Bilden Sie sich bloß nicht ein, ich hätte tatsächlich geschlafen«, log er, ohne das andere Auge zu öffnen.

»Nein, natürlich nicht«, log ich ebenfalls, »nicht einen Augenblick war ich dieser irrigen Ansicht, obwohl Sie geschnarcht haben.«

»Nun, Sie irren sich leider durchaus«, sagte er jetzt, wie um sich zu entschuldigen, »ich bin wirklich ein bißchen eingedöst.«

»Kein Wunder«, erwiderte ich, »wenn man mit dem Zug reist, ist es das normalste von der Welt, daß man ein kleines Nickerchen hält. Letztlich beweist das nur, daß Sie ein Mensch von Fleisch und Blut sind, einer, den auf einer so langen Zugfahrt irgendwann die Müdigkeit überfällt.«

Jetzt öffnete er endlich das zweite Auge und starrte mir ins Gesicht, bis ich nicht anders konnte und einmal zwinkerte.

»Na kommen Sie schon«, sagte ich, »Sie können das ruhig zugeben, jetzt, wo wir uns endlich wie normale Menschen benehmen. Ich glaube, wir haben es geschafft.«

»Was haben wir geschafft?«

Ich blieb ganz ruhig und erinnerte ihn an die Tatsache, daß wir uns mehrmals vorgenommen hatten, uns wie zwei zivilisierte Menschen zu benehmen und für die Zeit, die wir gezwungen seien, dieses Abteil miteinander zu teilen, ein ordentliches Gespräch zu führen.

»Sicherlich gab es da ein paar Probleme«, gab ich zu, »aber die haben wir, wie ich glaube, letztlich doch überwunden.«

Eine Zeitlang betrachtete er mich mit offenem Mund und versuchte gewiß zu ergründen, woher ich die Kraft nahm, nicht zusammenzubrechen und die Fahne der bedingungslosen Kapitulation zu hissen.

»Meinen Glückwunsch«, sagte ich und reichte ihm die rechte Hand.

Dagoberto ließ seine Hand in der Tasche. Er sagte, ich sei ein Träumer, denn von Normalität könne schließlich nicht die Rede sein, solange ich im Schlüpfer dasaß und meine Hose vom Gepäcknetz herabbaumelte.

»Wenn Sie es genau wissen wollen«, sagte ich jetzt, kurz vorm Platzen, »eigentlich reise ich sowieso lieber in Unterhosen.«

Mehrmals schüttelte er über meine beklagenswerte Antwort den Kopf und erwiderte, er sei bereit, mir meine Hose zurückzugeben, wenn ich ihm einen Witz erzählte, über den er lachen könne. Ein interessanter Vorschlag, wie ich fand, und ich überlegte auch gar nicht lange, ob damit vielleicht schon die nächste Demütigung eingeläutet sei. Ich schloß die Augen und ging die Liste der Witze durch, die mir in den vergangenen Tagen die Kameraden aus der Blaskapelle erzählt hatten.

»Wissen Sie?«, fragte ich ihn schließlich, »was mit dem Mann passierte, der so sehr in sich selbst verliebt war, daß er es nur mit sich selber trieb?«

Ich starrte ihn an, in der Hoffnung, daß er in schallendes Gelächter ausbreche, aber er verzog nicht eine Miene und bemerkte schließlich, er fände, das sei ein fader Scherz. Witze mit einer Pointe seien ihm lieber.

Also begann ich, ihm einen längeren zu erzählen, aber ich unterbrach mich mit resignierter Gebärde, als ich merkte, daß ich die Gelegenheit längst verpaßt hatte.

»Ich weiß einen kurzen Witz«, bemerkte er, »kennen Sie den vom Sultan und der Posaune?«

Wieder verneinte ich, und während er mir zum hundertsten Mal die Geschichte erzählte, setzte sich der Zug wieder in Bewegung, und zwar genau in dem Augenblick, als hinter dem Schuppen, vor dem wir gehalten hatten, Gelächter hervorschallte.

»Die schmutzigen Schlampen haben Verspätung«, sagte ich mir.

Der geheimnisvolle Lokomotivführer, der uns durch die Nacht zerrte, erhöhte jetzt die Geschwindigkeit, und schon war der Bahnsteig in der Ferne verschwunden.

»Eigentlich ist nicht viel los mit den Sultanen«, seufzte Dagoberto.

Er stimmte sich selbst mehrmals nickend zu, seufzte kurz – als sei damit die Angelegenheit mit dem Sultan endgültig erledigt –, entschied sich wieder für eine neue Positur, schlug ein Bein über das andere, zog die Hände aus den Taschen und verschränkte die Arme. Seine Armbanduhr tauchte auf, und mir schien, als drehe sich auf dem Zifferblatt nur ein einziger Zeiger.

Viertel vor neun, riet ich in Gedanken.

Ein Mann wie dieser hier allerdings war zu allem fähig, und es war ohne weiteres möglich, daß seine Uhr nur einen Zeiger hatte. Ich verschränkte ebenfalls die Arme, schloß die Augen und versuchte, mit dem Rattern der Räder einen Volkstanz zu komponieren, aber der Zug wurde schon wieder langsamer, als führe er bergan, und der Taktschlag der ratternden Intervalle war schließlich zu langsam.

Gesetzt den Fall, es ist tatsächlich viertel vor neun, kalkulierte ich, und die Möglichkeit einbeziehend, daß der Zug noch ein paar andere Bahnsteige heimsucht, dürften wir ungefähr um zehn in K. ankommen.

Ich redete mir ein, daß auch Dagoberto dieser Sachverhalt bekannt sei und er mir über kurz oder lang meine Hose zurückgeben mußte.

»Sie spielen also Posaune«, fragte er plötzlich und wechselte das obere Bein unter das untere.

»Nicht mehr und nicht weniger«, murmelte ich, »Zugposaune, wenn Sie es genau wissen wollen. Aber Geige wäre mir lieber.«

Er hielt die Arme weiter verschränkt, aber ich hatte den starken Verdacht, daß er mit den Daumen in den Achselhöhlen herumbohrte. Er kann einfach nicht anders, dachte ich bei mir. Mir ins Gesicht blickend, meinte er, Zugposaunen seien gar nicht einmal so schlecht, jedenfalls bleibe mir immer noch der Trost, daß dieses Instrument, was seine kriegerischen Tugenden anbelangte, allen anderen weit überlegen sei. Was er mir da erzählte und ständig wiederholte, könne ich einfach nicht verstehen, sagte ich, also, daß der Klang der Posaune den Menschen angeblich daran erinnere, daß seine wahre Bestimmung im Schützengraben läge. Dieses Mal jedoch sparte ich mir die Frage, welche Schützengräben er meine, vor allem aber war ich nicht so töricht zu glauben, daß er im Ernst redete. Ich gab ihm also keine Chance, Rimsky-Korsakow noch einmal hochleben zu lassen, sondern gestand, das sei alles gut und schön, beharrte aber darauf, seit ich seine Bekanntschaft gemacht hätte, gehöre all meine Liebe der Geige.

»Vorsicht!«, warnte er, und wieder erschien tief im Innern seiner Pupillen ein rötliches Glühen.

»Sonst gerate ich wieder aus dem Häuschen. Seien Sie kein Heuchler. Geben Sie's doch zu!«

»Was soll ich zugeben?«

»Daß Ihre Liebe im Grunde weiterhin den Posaunen gehört. Mehr noch, daß Sie der Gesellschaft und dem Lebensstil Ihrer Freunde aus der Blaskapelle allem anderen den Vorzug geben. Herren wie ich inkommodieren Sie doch nur.«

»Wie können Sie so etwas sagen?«, fragte ich entgeistert.

»Ja doch, mein lieber Freund! Fühlen Sie sich nicht einzig und allein glücklich unter diesen Individuen? Stoßen Sie nicht jedes Mal, wenn Sie Ihren Platz einnehmen zwischen Klarinette und Saxophon, einen Seufzer der Erleichterung aus? Sie erstreben nichts, Sie sind mit allem zufrieden. Zwar nehmen Sie von Zeit zu Zeit die Posaune an die Lippen, aber ob Sie nun hineinblasen oder nicht, das ist Ihnen doch letztlich egal. Sie suchen den Schutz der Genossen aus der Blaskapelle. Mehr oder weniger wie der Hirsch, der sich mit seinem Rudel in die Wälder zurückzieht«, fügte er noch hinzu und drohte mir mit dem Finger.

Mir fiel wieder einmal keine passende Antwort ein, also blieb ich still, den Bart an die Brust gepreßt und den Blick zu Boden geheftet. Er sollte merken, wie sehr mich seine Worte verletzen und wie ich sie dennoch schweigend ertrage.

Dagoberto schnaufte heftig, sagte aber nichts. Vielleicht wußte er selbst nicht genau, ob er hier eine Komödie aufführte und welche Antwort er von mir hören wollte. Er beruhigte sich und seine Augen erloschen. Er legte die Hände auf seine Knie, und ich konnte nicht erkennen, daß sich die Daumen irgendwie bewegten. Wieder blickte er mit zusammengekniffenen Augen angestrengt zum Fenster hinaus, als ob er in der Finsternis irgend etwas entdecken wollte.

»Wo steigen Sie aus?«, fragte er plötzlich.

»In K.«

»Ich bin noch nie dagewesen«, gestand er, indem er weiter in die Finsternis starrte. »Aber ich bin sowieso nicht besonders viel herumgekommen. Es gibt so vieles, das ich nicht kenne. Finden Sie es nicht schrecklich, daß es so viele wundervolle Städte gibt, die wir niemals sehen werden, weil wir keine Zeit haben?«

»Man muß sich eben dreinfügen.«

»Sich dreinfügen; da kann man sich ja gleich umbringen«, brummte er.

Er atmete jetzt mühsam durch den halbgeöffneten Mund, als ob er nach Luft schnappte oder mit der schon in die Lunge gepumpten Luft nichts anfangen könnte. Aber vielleicht war auch das nur Theater. Jetzt griff er sich mit der rechten Hand an die Brust, senkte den Blick, und nach ein paar Minuten hob er wieder den Kopf und atmete normal.

Asthma-Anfälle dauern für gewöhnlich länger, dachte ich bei mir.

Jetzt legte er wieder die rechte Hand aufs Knie – die linke lag immer noch dort – und grinste trübsinnig. Er erlaubte sich die Frage, ob ich es ihm abnehme, daß er einst ein hervorragender Geiger gewesen sei, und ich sagte, warum denn nicht.

»Jedenfalls sehen Sie ganz danach aus«, fand ich.

Der Zug wurde jetzt langsamer und fuhr durch eine Baustelle, und die Hose schwankte hin und her wie ein Glockenschwengel. Wieder redete ich mir ein, allen Verspätungen zum Trotz könne es nicht mehr lang dauern, bis wir in K. wären. Also riß ich mich zusammen und beschloß, meine letzte Karte auszuspielen.

»Oh ja, durchaus! Sie sehen ganz danach aus, als wären Sie einst ein großer Virtuose gewesen!«, sagte ich.

Und um das Ganze noch zu unterstreichen, fügte ich hinzu, schon in dem Moment, als ich das Abteil betrat, habe ich festgestellt, daß er nicht einer von denen sei, denen man überall begegnen könne. Ich gestand auch, daß ich mich anfangs unvorsichtigerweise ein wenig eingebildet aufgeführt habe, daß sich jedoch mit der Zeit unserer gemeinsamen Reise auch meine Ideen beträchtlich geändert hätten, und obwohl ich noch nicht so weit gehen könne zu behaupten, ich sei ein neuer Mensch, so sei ich dennoch unwiderruflich entschieden, im Konservatorium von J. Geige zu studieren.

»Oh ja!«, seufzte ich, »es kommt der Tag, an dem auch Menschen wie ich Vernunft annehmen müssen.«

»Na, na, überstürzen Sie mal nichts, überlegen Sie in aller Ruhe,«, riet Dagoberto, indem er sich den Anschein gab, als glaube er mir aufs Wort.

»Wollen Sie das wirklich? Sollten Sie das Ganze nicht lieber noch einmal überschlafen?«

Ich antwortete, ich bräuchte niemandes Ratschlag, und er fragte noch einmal, ob ich denn vergessen habe, was Sibelius und Wagner über die Posaunen gesagt hatten.

»Natürlich begegne ich der Meinung dieser Herren mit allem gebotenen Respekt«, sagte ich, »aber jedem das Seine.«

Um aber meinen Worten etwas von ihrer Schärfe zu nehmen, fragte ich, ob Wagner und Sibelius, vorausgesetzt sie wären noch unter den Lebenden, auch meine Meinung respektieren würden. Dagoberto spielte weiter den advocatus diaboli und zerrte tatsächlich noch einmal die Geschichte vom Sultan hervor.

»Kennen Sie ein Instrument, das sich mit einem Karamelbonbon vergleichen läßt?«

»Es lebe die Geige!«, schrie ich und schüttelte prophylaktisch den Kopf, um schon im voraus sämtliche Fragen, die er mir stellen könnte, zu verneinen.

»Ich mag keine undankbaren Menschen«, sagte Dagoberto, »Ihre plötzliche Gleichgültigkeit gegenüber Posaunen gefällt mir überhaupt nicht.«

Undankbarkeit brächte ihn geradezu aus der Fassung, fuhr er fort, ja, sie erscheine ihm als eine der fünf Todsünden. Ich bemerkte, Undankbarkeit sei keine Todsünde, deren es im übrigen sieben und nicht fünf gäbe.

»Sehr schön, mein lieber Doktor Allwissend«, fauchte er, und seine Daumen begannen wieder mit ihrer wohlbekannten Bewegung, »dann sagen Sie mir doch mal, welches die Sieben Todsünden sind.«

Ich leierte sie ihm herunter, im demütigsten Ton, zu dem ich fähig war, damit er nicht auf den Gedanken kam, ich benutze die Gelegenheit, um ihm gegenüber damit zu prahlen, daß ich bei den Sünden besser Bescheid wisse als er. Als die Liste zu Ende war, brach er in schallendes Gelächter aus und verkündete, es erscheine ihm nur logisch, daß ein dicker Mensch wie ich den Katechismus wie am Schnürchen aufsagen könne. Ich wollte wissen, was bitte Dickleibigkeit mit dem Katechismus zu tun habe und er entgegnete, darüber würde er mir bei anderer Gelegenheit Näheres erklären. Schon wieder eine Falle, aber ich tappte nicht hinein – eine Diskussion über Katechismus und Fettleibigkeit vom Zaun zu brechen, wäre ein schwerer Fehler gewesen –, sondern sagte, allen, aber wirklich allen Widrigkeiten zum Trotz sehe ich keine andere Möglichkeit, als ihm noch einmal zu wiederholen – und ich sei bereit, ihm das zu wiederholen, sooft er Wert darauf lege –, daß ich mich ein für allemal und unwiderruflich der Violine verschrieben habe.

»Seien Sie überzeugt, ich werde mich am Ende in einen vorzüglichen Virtuosen verwandeln«, setzte ich noch hinterher.

Das war zu viel. Er blies wütend durch die Nase und stürzte sich mit verzerrtem Gesicht auf mich.

»Verfluchter Idiot!«, brüllte er, mich an der Gurgel packend, »für wen halten Sie sich eigentlich? Warum wollen Sie mir unbedingt beweisen, Sie seien nicht das gemütliche Dickerchen von vorhin, glücklich und zufrieden mit sich selbst und seiner kleinen Welt? Woher zum Teufel plötzlich diese aufgeblasenen Tollheiten?«

Er hätte mich ohne weiteres erwürgt, aber ich konnte mich, mit aller Kraft strampelnd, befreien und rannte aus dem Abteil auf den Gang hinaus. Dagoberto raste mir hinterher und versuchte mich bei den Hemdschößen zu packen, ich aber entwischte in die Toilette, warf ihm die Tür vor der Nase zu und drehte den Schlüssel um.

»Kommen Sie sofort raus da!«, schrie er und schlug mit den Fäusten gegen die Tür.

Ich brüllte, er solle mich in Frieden lassen, ich bliebe hier auf der Toilette, bis wir in K. seien, da allerdings würde ich ihm dann die Rechnung präsentieren für alles, was er mir angetan habe, vor allem aber dafür, daß er mir meine Hose weggenommen habe.

»Schämen Sie sich nicht?«, tobte Dagoberto, »finden Sie, es schickt sich für einen gestandenen Mann wie Sie, sich auf dem Klo zu verbarrikadieren, um von dort aus die Stimme zu erheben?«

Ich antwortete nicht, und eine Weile herrschte Stille.

»Begreifen Sie denn nicht, wie sehr ich Sie an meiner Seite brauche?«, jammerte er.

Jetzt schleuderte ich dem Mann hinter der Toilettentür entgegen, was ich ihm schon längst hätte sagen sollen, daß er nämlich vollständig durchgedreht sei und sich, wenn er unter Einsamkeit und Verzweiflung leide, doch bitte eine schöne Frau besorgen solle. Als er mich das sagen hörte, gab er ein pflichtschuldiges Lachen zum besten, so wie jemand, der soeben einen Witz zum hundertsten Mal gehört hat, und antwortete, er habe leider einen schlechten Tag erwischt, schon die ganze Woche sei er nervös gewesen, denn er spüre bereits das gräßliche Ziehen eines Weisheitszahns.

»Wissen Sie, was das heißt?«, schrie er.

Es war eine so lächerliche Entschuldigung, daß ich mir nicht einmal die Mühe machte, eine Antwort darauf zu finden. Da ich jedoch gar nichts sagte, kam ihm die Vermutung, er habe mich schon fast überzeugt, und er machte mir Versprechungen, wenn ich zurück ins Abteil käme, würde ich einen neuen Menschen vorfinden, und er würde mich mit neuen Monstergeschichten beglücken.

»Fahren Sie zur Hölle, Sie und Ihre Monster!«

Ich malte mir aus, wie er da hinter der Tür geduckt saß wie ein Tiger auf dem Sprung. Als er meine Antwort verdaut zu haben schien, änderte er den Ton – jetzt redete er kläglich daher wie einer, der sich abgefunden hat mit den Dingen wie sie sind und nicht wie er sie sich wünscht – und sagte, zur Hölle führen wir alle früher oder später, niemand könne uns davor bewahren. Aber es sei nicht nett von mir, so schlecht von seinen Monstern zu reden. Einen Moment lang schwieg er, während ich prüfte, ob auch der Riegel die Tür fest verschloß, und kam mir dann mit der Geschichte von einer Frau mit Brüsten aus Elfenbein und einem Herz aus rotem Samt, die bis Ende letzten Jahres in den Bergen Madagaskars gelebt habe.

»Bestimmt Ihre Mutter!«, rief ich hinaus, aber wahrscheinlich konnte er mich nicht hören, denn in diesem Augenblick fuhr der Zug über eine eiserne Brücke und der Lärm verschluckte meine Stimme.

»Bestimmt Ihre Mutter!«, schrie ich noch einmal, nachdem wir die Brücke passiert hatten.

Mein Einfall mußte ihm eigentlich schwer zusetzen, aber er war anscheinend zu sehr mit seiner Geschichte beschäftigt, um mich zu verstehen. Als er endlich mit der Frau aus Madagaskar fertig war, sagte ich, nur Verrückte wie er einer sei, könnten so dummes Zeug von sich geben, aber er schien immer noch nicht beleidigt. Es verstrich eine Pause, bevor er wieder mit den Fäusten die Tür traktierte – bestimmt, um meine Aufmerksamkeit zu erregen – und wieder vom portugiesischen Hirtenjungen mit den zwei Köpfen faselte. Und noch einmal leierte er die Geschichte herunter: Jeder einzelne der beiden Köpfe war offenbar auf einen anderen Namen getauft worden, einer auf den Namen Juan und der andere auf den Namen Baldomero.

»Und Sie?«, fragte ich, »wie steht's mit Ihnen? Haben sich Ihre Eltern die Mühe gemacht, Sie zu taufen?«

»Das Komische an der Sache«, redete er weiter, ohne auf meine Anspielung zu reagieren, »war, daß beide – denn man betrachtete offenbar jeden Kopf als zu einem anderen Kind gehörig – alles gemeinsam fühlten. Wissen Sie, wie das herauskam?«

Es waren nicht die rechten Geschichten, um sie aus vollem Halse schreiend zu erzählen, und schon gar nicht in dieser Situation. Die meisten seiner Worte verschluckte ohnehin das Rattern der Räder. So setzte ich mich also auf die Toilettenschüssel und beschloß, in aller Ruhe abzuwarten, bis der Zug den Bahnhof von K. erreichte. In der Toilette gab es nur eine Art Lüftungsfenster mit einer Milchglasscheibe. Es war viel zu klein, um den Kopf hinauszustrecken, aber es erlaubte mir immerhin, um Hilfe zu rufen und die Leute auf dem Bahnsteig zu alarmieren.

Da waren freilich einige Probleme, die noch zu lösen waren:

Erstens: Was, wenn meine Genossen mich nicht am Bahnhof erwarteten?

Zweitens: Was, wenn überhaupt kein Mensch am Bahnhof wäre?

Drittens: Was, wenn der Zug auf irgendeinem Abstellgleis hielte und niemand mein Geschrei hören könnte?

Viertens: Was, wenn der Zug trotz meiner Hilferufe wieder abfuhr, bevor mir irgendjemand zu Hilfe kam?

Das waren beunruhigende Aussichten. Bis zum heutigen Tag war ich stets Optimist gewesen – mit einer gewissen Neigung, den Kopf in den Sand zu stecken –, aber nach einer Reise von zwei, drei Stunden in Gesellschaft Dagobertos war ich so durcheinander, daß mir die eigenen Finger wie unheilvolle Besucher vorkamen.

Wenn mich nun ein Herzinfarkt dahinraffte und ich in alle Ewigkeit in diesem Loch eingesperrt bliebe?

Der Zug fuhr unterdessen wieder über freies Feld, und das hohle Rattern der Räder ließ nach. Ich stand auf, preßte mein Ohr an die Tür und hielt den

Atem an. Dagoberto erzählte immer noch vom portugiesischen Hirtenjungen.

»Wenn jemand Baldomero am Ohr zog, weinte Juan und vice versa.«

Dann schwieg er – vielleicht lauschte auch er mit dem Ohr an der Tür –, und da mein Gegenscherz ausblieb, fragte er, ob ich noch da sei.

»Nein«, erwiderte ich, »ich bin aus dem Fenster gesprungen.«

»Es freut mich, daß Sie Ihre gute Laune nicht verloren haben«, stellte er fest. Dann wechselte er wieder den Ton und schlug vor, ich solle mir endlich ein Musikinstrument aussuchen, mit dem wir beide völlig einverstanden sein könnten.

»Wir zwei können nie und nimmer über irgend etwas einer Meinung sein«, sagte ich.

»Wie wär's mit dem Klavier«, fuhr er unbeirrt fort und scharrte sanft an der Tür. »Das königliche unter den Instrumenten, finden Sie nicht?«

»Rücken Sie meine Hose raus, dann sehen wir weiter.«

Ich war jedoch nicht so unvorsichtig, die Tür zu öffnen, in der Hoffnung, er gebe sie mir ohne weiteres zurück. Tatsächlich hatte ich mich schon damit abgefunden, in Unterhosen in den Bahnhof von K. einzulaufen. Nach meiner Hose verlangte ich einzig und allein, weil ich ihm klarmachen wollte, daß ein normales Gespräch zwischen zwei Menschen unmöglich ist, solange der eine der beiden eine Hose trägt, der andere aber nur einen Schlüpfer.

»Und was ist mit der fünfundvierzigsaitigen irischen Harfe? Was mit dem Kontrabaß?«

Wahrscheinlich redete er immer noch im Scherz. Ich antwortete, am liebsten seien mir Kastagnetten; bekäme ich ein paar gute Kastagnetten zu fassen, wäre ich bereit, jedes andere Instrument dafür sausen zu lassen.

»Na kommen Sie schon, mein herrlicher Mozart«, schrie er, »heraus da aus Ihrem greulichen Refugium!«

Aber als er merkte, daß ich, anstatt herauszukommen, wie ein Irrsinniger anfing zu singen, schlug er wieder mit den Fäusten gegen die Tür und tat, als bräche er in Tränen aus. Schluchzend faselte er etwas von Einsamkeit und Tod und setzte mir auseinander, aus Mauerblümchen ließen sich keine Girlanden flechten.

Ich sang einfach weiter, und als mein Repertoire erschöpft war, schleuderte ich ihm durch die Tür meine wahren Vorlieben entgegen. Ich erinnerte ihn an die Tatsache, daß ich Südländer vom Scheitel bis zur Sohle sei, daß ich im tiefsten Süden geboren und darauf mächtig stolz sei; daß mir Leute aus dem Norden noch nie ganz schußecht vorgekommen seien und mir überdies alles andere als beneidenswert erschienen, denn sie fräßen zu viel und ihre Knochen seien vom Rheuma zerfressen.

»Außerdem«, rief ich, »sind mir Kürbis-Tortillas zuwider, ich habe einen Horror vor Violinen, ich glaube nicht an Monster, aber ich liebe die Berge des Südens und die Posaunen!«

»Jetzt machen Sie sich über mich lustig«, rief Dagoberto mit zerknirschter Stimme.

Und um ihm den Rest zu geben, machte ich ihn darauf aufmerksam, daß ich bis zu unserer Ankunft in K. diese Toilette nicht mehr verlassen und in dem Moment, da der Zug am Bahnsteig hielt, durch das Lüftungsfenster um Hilfe schreien würde.

»Und wenn wir nun niemals K. erreichen?«, wimmerte er, »was, wenn wir vorher entgleisen, oder die ganze Nacht im Kreis herumfahren?«

Ich hatte keine Lust zu antworten und hörte, wie er vor sich hin fluchte. Nach einer Weile schien mir, daß er sich den Gang hinunter entfernte, vielleicht war er sogar ins Abteil zurückgegangen, also setzte ich mich wieder auf die Toilettenschüssel, schließlich die bequemste Sitzgelegenheit weit und breit. Wieder wurde der Fahrtlärm unerträglich, als ob wir erneut durch einen Tunnel fuhren. Auf meiner Armbanduhr war es immer noch viertel nach sieben, aber es mochte gut und gern auch elf Uhr nachts sein. Nicht die genaue Uhrzeit zu wissen, störte mich über alle Maßen, was mich aber in diesem Augenblick noch mehr störte, war der Umstand, daß ich, eingeschlossen auf meiner Toilette, gar nicht erkennen konnte, ob der Zug in K. oder an einem ganz anderen Bahnhof hielt. Zwar hätte ich gemerkt, wenn der Zug seine Fahrt verlangsamte, aber wer weiß, ob der Lokomotivführer in diesem Fall einfach nur Lust hatte, irgendwoanders anzuhalten, und sei es nur, um mir das Leben noch mehr zu versauern.

Ich entschied, es sei das beste, jedesmal aus Leibeskräften zu schreien, sobald der Zug anhielt. Entscheidend ist der Schrei, sagte ich mir. Während mir solche Gedanken durch den Kopf gingen, fing Dagoberto wieder an, die Tür mit seinen Fäusten zu bearbeiten. Ich ließ ihn wissen, er solle sich zum Teufel scheren, aber er blieb vor der Tür hocken, und als wir aus dem Tunnel heraus waren, fragte er, wer die dunkelhaarige Schönheit auf dem Foto sei, das er ganz unten in meinem Koffer gefunden hatte.

Ich dachte, mich trifft der Schlag, denn die dunkelhaarige Frau konnte niemand anders als Graciela sein.

»Na los, sagen Sie schon. Wer ist die scharfe Fregatte?«, wollte er wissen.

Ich war sprachlos, und das Schwein nutzte meinen verdatterten Zustand, um mir seine Meinung kundzutun. Er fand, Graciela erscheine ihm ein wenig starkbrüstig und mit Kurven nicht gerade gesegnet, aber trotz alledem könne sie ein prächtiges Hinterteil vorweisen. Jetzt war ich es, der von innen gegen die Tür schlug und ihn anflehte, er möge das Foto wieder dahin zurückbringen, wo er es gefunden habe, er habe es nur hervorgezerrt, um alles noch schlimmer zu machen.

»Hier steht noch eine Widmung«, fuhr Dagoberto ungerührt fort, »ehrlich gesagt, ich finde sie ziemlich kitschig: ›Für ihren Kolibri, aus tiefster Seele. Graciela.‹«

Jetzt fragte er mich in butterweichem Ton, ob Graciela wirklich ihr Name oder bloß ein Pseudonym sei. Ich wollte etwas sagen, aber meine Stimme versagte, während Dagoberto, als er keine Antwort zu hören bekam, ein obszönes Schnaufen ertönen ließ und verkündete, er fände, Graciela sei ein besonders hübscher Name, sehr passend für eine Frau, die dazu ausersehen sei, dem Leben eines Esels Sinn zu verleihen. Eine Weile schwieg er, flötete dann jedoch in noch betörenderem Ton, wenn ich nicht innerhalb von einer Minute herauskäme, müßte er die Fotografie leider in tausend Stücke zerreißen.

Ich glaube, in diesem Moment brach auch ich in Tränen aus. Aber das Maß meiner bitteren Erlebnisse war immer noch nicht voll. Einige Minuten verstrichen, bevor er sich wieder mit einem Seufzer meldete und mir mitteilte, er habe den Verdacht, daß Graciela die Erwählte meines Lebens sei, aber wahrscheinlicher sei doch, daß sie längst mit irgendjemand anderem das Weite gesucht hätte.

»Vielleicht ist sie Ihnen sogar vorm Altar auf und davon gelaufen«, meinte er hämisch, »was mir aber einfach nicht in den Kopf will, ist diese Widmung. Wie kommt sie nur darauf, einen fetten Brummer wie Sie allen Ernstes einen Kolibri zu nennen?«

Ich bat ihn wieder, das Foto im Koffer zu lassen, aber stattdessen wiederholte der Schurke seine Drohung, er sei entschlossen, die Fotografie zu zerreißen, wenn ich nicht augenblicklich die Toilette verließ.

In diesem Moment verlangsamte der Zug seine Geschwindigkeit und blieb schließlich mit einem langen Pfiff stehen. Ich näherte mich dem Lüftungsfenster, schob die Scheibe ein Stück nach rechts, konnte aber leider nur ein Stück Sternenhimmel erkennen. Ganz wie erwartet, hatte der Lokomotivführer beschlossen, einen außerplanmäßigen Halt einzulegen, weiß der Himmel in welcher Absicht.

Jedenfalls war es zwecklos, aufs freie Feld hinauszuschreien. Ich hielt den Atem an und hörte die Grillen zirpen.

»Wissen Sie was?«, fing Dagoberto jetzt wieder an, während sämtliche Insekten der Gegend ein nächtliches Konzert gaben, »vor Jahren lebte in meiner Heimat ein Mädchen, das Graciela hieß und drei Brüste hatte.«

Er machte eine Pause, vielleicht in der Hoffnung, daß ich etwas sagte, aber als ich stumm blieb, ging er ins Detail und setzte mir auseinander, daß die in Frage kommende Frau zwei normale Brüste ihr eigen nannte, die auf einer perfekt horizontalen Linie saßen, während die dritte in der Mitte, ein wenig darunter angebracht gewesen sei, so daß alle drei ein gleichschenkliges Dreieck bildeten.

»Wie ist das mit Ihrer Graciela?«, fragte er dann, »hatte die auch drei Brüste?«

Ich brachte kein einziges Wort hervor und trommelte stattdessen gegen die Tür, bis mir die Fäuste wehtaten. Es war, als ob ich auf mich selbst einschlug, weil ich nicht den Mut fand, aus dem Klo herauszustürzen und ihm die Fotografie mit Gewalt zu entreißen.

»Tut mir leid, aber ich kann leider nicht länger warten«, rief er plötzlich, »ich werde mir jetzt mit Ihrer Fotografie einen unaussprechlichen Teil meines Körpers behandeln.«

Ich lehnte meine Stirn gegen den Spiegel und schloß die Augen, Dagoberto schwieg eine Weile bevor er anfing zu plärren wie ein Schuljunge, der seine schmutzigen Abzählreime herunterleiert.

»Graciela hat drei Titten, rechts, links und in der Mitten.«

Er lachte schallend vor Begeisterung über sein Liedchen, das er sich bestimmt gerade eben aus den Fingern gesogen hatte, und ich fragte mich, warum einige Männer so kraftlos sein können, daß sie noch nicht einmal das ihnen Liebste zu verteidigen in der Lage sind.

Jetzt fing er wieder an zu singen, unterbrach sich jedoch, als ich den Riegel betätigte. Ich nahm meinen ganzen Mut zusammen und kam heraus mit zusammengebissenen Zähnen, damit er nicht sah, wie geschockt ich immer noch war. Wir gingen zurück ins Abteil, setzten uns einander gegenüber wie vorhin und er gab mir mit einer Verbeugung die Fotografie zurück. Ich steckte sie in die Notenmappe, die ich zwischen zwei Hemden verstaute, schloß den Koffer ab und setzte mich drauf.

Dagoberto strich sich mit dem Zeigefinger über die Augenbrauen und sah mir belustigt zu.

»Sieh mal einer an, was wir da für ein Geheimnis entdeckt haben«, sagte er, »ich muß sagen, ich bin erstaunt. Mein dicker Reisekumpan, verliebt über beide Ohren wie ein Gymnasiast.«

»Nicht mehr und nicht weniger«, flüsterte ich, »allerdings.«

»Aber jetzt sagen Sie mir doch, wer das Mädchen ist«, bettelte er.

Ich sagte, ich habe keine Lust dazu, woraufhin Dagoberto die rechte Hand erhob wie jemand, der sich anschickt, einen Eid zu schwören oder sich gegen ungerechtfertigte Anklagen zu verteidigen, und mich fragte, warum.

»Ja glauben Sie denn, ich könne Sie nicht verstehen?«, rief er aus, indem er den Beleidigten spielte, »glauben Sie allen Ernstes, ich verstünde nichts von der Liebe und sei einzig und allein vom Haß zerfressen?«

Ich antwortete, mehr oder weniger sei das meine Meinung, und er erwiderte, er habe ein äußerst empfindliches Gespür für die Geheimnisse der Liebe.

Dann gestand er mir noch, leider habe er selbst nie das Glück gehabt, sich zu verlieben, aber er habe sich stets einen großen Respekt für die Nächstenliebe bewahrt.

Unterdessen begannen seine Augen feucht zu schimmern und es gelang ihm sogar, ein paar Tränen zu produzieren.

»Ich glaube an die Liebe«, flüsterte er und legte die Fingerkuppen beider Hände aufeinander, »mehr noch, ich glaube fest an die Macht der Liebe.«

»Dann geben Sie mir meine Hose wieder«, sagte ich.

Er blickte mir in die Augen und versenkte sich in den Tiefen meiner Pupillen, als ob er von dort Instruktionen erwartete, was als nächstes zu tun sei. Schließlich nahm er die Hose vom Gepäcknetz herab, lächelte schwach, bewegte mehrmals den Kopf hin und her – durchaus zustimmend, wie ich meinte – und als ich schon glaubte, er gäbe sie mir endlich zurück, drehte er blitzschnell das Fenster herunter und warf sie hinaus.

»Schluß mit den Witzen«, fauchte er, ohne zu lächeln aufzuhören. »Halten wir uns an die ausgleichende Gerechtigkeit. Sie sind verliebt, also müssen Sie in Unterhosen weiterreisen. Eins bedingt nun einmal das andere.«

Von diesem Moment an sah ich alles wie durch einen roten Nebel. Ich stürzte mich auf ihn und vergrub meine Fingernägel in seinen Wangen, aber selbst jetzt nahm er mich noch nicht richtig ernst. Mit Leichtigkeit hielt er mich mit der einen Hand auf Distanz, während er mich mit der anderen ohrfeigte.

Das reichte, um mir zu verstehen zu geben, daß jemand wie ich gegen diesen Wahnsinnigen ohne Chance war, also schützte ich meinen Kopf mit den Händen und verkroch mich in eine Ecke. Aus dem Augenwinkel konnte ich sehen, wie der das Fenster zumachte, und ich hörte sein Keuchen, während er sich mit der Kurbel abmühte.

»Eins bedingt das andere«, wiederholte er.

Wieder setzte sich der Zug in Bewegung und hatte schon bald Fahrt aufgenommen, aber ich fühlte mich dermaßen niedergeschlagen, daß ich nicht einmal an meine Genossen aus der Blaskapelle dachte. Dagoberto setzte sich wieder, faltete die Hände und ließ erneut die Daumen umeinander kreisen.

»Sie haben richtig gehört, mein Freund«, flüsterte er mit zitternder Stimme, »ich bin ein Mann, der felsenfest, ja leidenschaftlich an diesen göttlichen Betriebsunfall der Seele glaubt.«

Ich wollte wissen, warum er mich diesem Martyrium aussetzte, und er zeigte sich erstaunt, daß ich noch immer nicht entdeckt hätte, daß er ein Tiger an Zärtlichkeit sei – das genau waren seine Worte – und alles, was er von dem Moment an, da ich dieses Abteil betreten hätte, getan habe, nur einer gewissermaßen invertierten Liebe zu mir entsprungen sei.

»Ich liebe Dich und beiße Dich«, murmelte er und umfing mich mit einem traurigen Blick, »war es nicht das, was Ihnen Ihre Graciela ins Ohr flüsterte? So hat sie doch ihren Biß entschuldigt, oder?«

Ich mochte nicht antworten. Still blickte ich zur anderen Seite und zählte, wie oft die Räder des Waggons über die Verbindungen zwischen den Schienen ratterten. Währenddessen gab Dagoberto verschiedene Definitionen von Liebe, die er bestimmt erst gestern irgendeinem Lexikon für geflügelte Worte entnommen hatte. Etwa von der Art, die Liebe sei ein Krokodil im Strom der Sehnsucht, daß die Herzen der Verliebten niemals wüßten, wohin sie gingen, Liebe sei blind, Liebe und Fisch, nur frisch auf den Tisch.

»Haben Sie sich wirklich nie überlegt, mein verehrter Herr«, fragte er mich abschließend, »daß einzig die Liebe imstande ist, die immense Leere der Ewigkeit auszufüllen?«

Ich erinnere mich, daß ich mich durch die pomphafte Art seiner Behandlung noch mehr gedemütigt fühlte, aber ich tat, als hörte ich nicht hin und blickte weiter aus dem Fenster und zählte die Schienenabschnitte. Es war stockfinster, aber dennoch schien mir, daß die Strecke neben einer etwas tiefer gelegenen Straße verlief. Auch schien mir, daß der

Himmel am Horizont schwach erleuchtet war, und ich dachte, das könnten die Lichter von K. sein.

»Und haben Sie sich nie überlegt«, fuhr unterdessen mein Gegenüber fort, »daß die Liebe keine Gesetze kennt?«

Wieder zeigte sich in seinen Augen ein feuchter Schimmer, und mir kam der Verdacht, daß dieser Mensch, wenn er es sich vornahm, dazu fähig war, authentische Tränen zu weinen. Der Zug kreuzte einen Bahnübergang, und das plötzlich vorbeifliegende Gebimmel ließ mich vor Schreck von meinem Sitz auf dem Koffer auffahren. Dagobertos Daumen hielten jäh inne.

»Warum erzählen Sie mir nicht noch ein paar Schwänke aus dem Leben Ihrer Tante?«, bat er mich jetzt, »ist sie wirklich ins Wasser gefallen, aber wegen Ihrer Fettleibigkeit nicht untergegangen? Oder erzählen auch Sie mir da vielleicht nur Geschichten?«

Ich verkündete heroisch, mir seien sämtliche Geschichten abhanden gekommen, wenn er Lust hätte, könnte er mir ja noch ein bißchen von seinen Monstern erzählen, aber glauben würde ich ihm kein Wort. Das hörte er nicht gern. Er setzte ein Grinsen auf, das wieder einmal seinen silbernen Reißzahn enthüllte, und schob die Hände in die Taschen.

»Wissen Sie, Freund Rigoberto, daß die Liebe als göttlicher Architekt im Himmel lebte und sich eines Tages entschied, auf die Erde hernieder zu kommen? Können Sie sich vorstellen, warum?«

Ich verneinte, und er fuhr fort, sie habe das für die ganze Welt getan, also, damit wir beide, er, ich und alle anderen – Monster mit eingeschlossen – in gegenseitiger Verbundenheit miteinander leben könnten.

»Einverstanden, aber das reicht«, sagte ich, »die Liebe ist ein Architekt.«

Wieder passierten wir einen Bahnübergang und kurz darauf noch einen; ich stellte fest, daß wir den Industriegürtel von P. durchquerten, das der letzte Ort vor K. war.

In fünfzehn Minuten bin ich endlich vereint mit den Genossen, sagte ich bei mir und schöpfte Mut.

Mit geschlossenen Augen versuchte ich, mir den lustigsten Volkstanz in unserem Repertoire vorzusummen, aber in diesem Moment verlängerte die Lokomotive mit einem Pfiff meine Agonie: Sie wurde wieder langsamer, und einige Minuten später kam der Zug vor der gewaltigen Ruine einer Fabrik zum stehen. Ich preßte meine Nase ans Fenster und begann, im Sternenlicht die Fenster in der Fassade zu zählen. Nachdem ich mit der ersten Reihe durch war, begann ich mit der zweiten und stellte mir vor, daß die riesige Fabrik mit ihrem eingefallenen Dach vor unsichtbaren Arbeitern wimmelte, die in der Stille ihre Arbeit verrichteten.

Dagoberto riß mich mit einem Schnauben aus meiner Abwesenheit. Ihn beschäftigte immer noch, was er soeben über die Liebe gesagt hatte.

»Ich gebe Ihnen ein Beispiel«, sagte er, »ich liebe Sie, Sie lieben Hinz, und Hinz liebt Kunz, und so immer weiter. Das und mehr nicht ist gemeint mit gegenseitiger Verbundenheit.«

»Ja, ja, sehr schön«, murmelte ich, immer noch auf die Fabrikruine starrend.

Er schwieg, ohne weitere Erklärungen von sich zu geben. Vielleicht wußte er selbst nicht genau, was er mir mit den Albernheiten von der gegenseitigen Verbundenheit hatte sagen wollen. Ich pfiff wieder meinen geliebten Volkstanz vor mich hin und versuchte mir unterdessen die Verblüffung meiner Kameraden auszumalen, wenn sie mich in Unterhosen aus dem Zug steigen sahen.

Mit einem Mal gab Dagoberto ein lautes Murren von sich und griff sich mit beiden Händen in die Nierengegend.

»Es ist nicht gut«, flüsterte er wie mit sich selbst, »mit leerem Magen das Schaufenster eines Metzgerladens kurz und klein schlagen zu müssen.«

»Es ist aber nicht besser, die Leute in Unterhosen ihrem Schicksal zu überlassen«, gab ich zurück.

In diesem Augenblick verkündete er mir, ohne meinen Worten die geringste Beachtung zu schenken, er könne mir nicht erlauben, in K. den Zug zu verlassen, wir würden stattdessen gemeinsam bis ans Ende reisen.

»Bis zu welchem Ende?«, fragte ich.

Ich sah ihm ins Gesicht und mir schien, daß während der letzten Minuten das Profil seiner Nase ein wenig schärfer geworden war, so wie es mit denen geschieht, die bald sterben müssen.

»Vielleicht, lieber Freund«, sagte er traurig, als mache er sich Vorwürfe, »bin ich immer noch nicht energisch genug mit Ihnen verfahren. Vielleicht hätte ich sie, anstatt Ihre Nase zu stubsen oder Ihre

Wangen mit dem Daumen zu massieren, gleich bei der ersten Gelegenheit umbringen sollen.«

Wieder verschwamm mir alles im roten Nebel. Ich stand auf und breitete meine Arme aus wie der Gekreuzigte.

»Dann töten Sie mich doch«, schrie ich. »Hier stehe ich! Bringen Sie mich endlich um! Warum wollen Sie meine Qual noch weiter verlängern?«

Dagoberto schenkte mir wieder einen seiner feuchten Blicke. Er seufzte bitter und schüttelte mehrmals den Kopf.

»Vielleicht haben Sie recht«, murmelte er,« vielleicht war es ein Irrtum, Sie am Leben zu lassen. Rigoberto, Sie gehören zu jener Sorte Menschen, denen nur der Tod eine geistige Beförderung angedeihen lassen kann. Wer hat das noch gesagt, daß der Tod letzten Endes nur ein heiliger Traum ist?«

»Vorwärts also«, rief ich, während der Zug wieder anfuhr, »töten Sie mich endlich, gleich jetzt, und verlieren Sie keine Zeit.«

Dagoberto zog die Hände aus den Taschen und zeigte gleichzeitig mit beiden Zeigefingern auf mich.

»Soll ich Sie allen Ernstes in die Kategorie des absoluten Mysteriums befördern? Soll ich wahrhaftig in Ihre Spelunkenvisage die aristokratische Blässe des Todes zeichnen, sein halbgefrorenes Lächeln?«

Während er mich das alles fragte, stand ich immer noch mit ausgebreiteten Armen vor ihm, aber bevor ich ihm sagen konnte, ich sei zu allem entschieden, außer daß ich keine weiteren Demütigungen ertragen würde, gab der Lokomotivführer so plötzlich Gas, daß ich wieder auf dem Koffer auf meinem Sitz landete. Es mußte sehr komisch aussehen, denn Dagoberto fing an zu lachen.

»Nein«, flüsterte er dann wie zu sich selbst.

»Denken Sie daran, was ich über die Violinen gesagt habe«, erinnerte ich ihn. »Bedenken Sie, ich spiele Posaune, ich komme aus dem Süden, mir gefallen sogar die Berge meiner Heimat. Finden Sie nicht, das ist ein guter Grund, mich ins Jenseits zu schicken?«

»Nein, nein«, wiederholte er. »Mit Leuten wie Ihnen ist einfach nichts zu machen. Nicht einmal der Tod wäre imstande, Ihnen ein würdiges Aussehen zu verschaffen. Typen wie Sie verpesten mit Ihrer Vulgarität die Welt bis an ihren äußersten Rand. Da helfen nicht einmal Violinen.«

»Aber was haben Sie denn mit mir vor?«, schluchzte ich und schlug mich vor den Kopf.

»Es wäre besser, wenn Sie mich töteten und nicht umgekehrt«, schlug er mir jetzt in aller Ruhe vor. »Besser Sie betätigen den Abzug.«

Und mit diesen Worten holte er seinen Koffer aus dem Gepäcknetz, öffnete ihn und zog einen Revolver hervor.

Er prüfte, ob die Waffe geladen war, entsicherte – alles mit der Bedächtigkeit und Eleganz eines Taschenspielers – und gab sie mir.

»Hier, mein eigener Revolver«, sagte er. »Er ist bereit. Schießen Sie fünfmal, danach können Sie entspannen. Töten Sie mich, denken Sie an all die Demütigungen, die Sie hinnehmen mußten, und drücken Sie ab.«

Ich war wie gelähmt und konnte kaum die Waffe halten.

»Na los, schießen Sie schon!«, insistierte er ungeduldig, »bedenken Sie, daß Sie ein Eunuch sind und schießen Sie. Rächen Sie sich an mir und an allen, die Sie zu einer solchen Memme gemacht haben. Na los, los! Pusten Sie mir das Hirn aus dem Kasten und ich werde es Ihnen ewig danken!«

Ich griff mir stützend an den Knöchel der Hand, die die Pistole hielt, und krümmte den Zeigefinger um den Abzug. Das erste, was mir in diesem Moment durch den Kopf ging, war die Frage, wie er es wohl anstellen würde, mir ewig zu danken, wenn ich ihm jetzt gleich den Kopf hinwegblies.

»Los, kommen Sie schon«, feuerte er mich an und näherte seine Stirn dem Lauf der Pistole. »Drücken Sie endlich ab. Was hält Sie denn noch? Etwa die Erinnerung an jene wundervolle Frau namens Graciela? Es will mir einfach nicht in den Kopf, wenn Sie's genau wissen wollen, welche Art von Beziehung ausgerechnet ein Trottel wie Sie mit einer so schönen, raffinierten Frau pflegen will.«

»Schweigen Sie endlich!«, zischte ich. »Seien Sie still oder ich schieße!«

»Weiß der Himmel, wie das gehen sollte«, seufzte Dagoberto. »Wissen Sie was, mein lieber Napoleon, ich vermute, Sie kennen die Dame auf der Fotografie überhaupt nicht. Oder nein. Ah!, jetzt hab ich's! Sagen Sie mal, waren Sie das vielleicht selbst, der unten auf das Porträt dieser unbekannten Schönen – eine jener Frauen, mit denen ein Mann wie Sie nicht einmal im Traum eine intime Beziehung pflegen könnte –, daß also Sie es waren, der auf das Bild eine Widmung an sich selber gekritzelt hat?«

»Das ist eine Lüge!«, brüllte ich und näherte den Revolver seinem Kopf.

»Na kommen Sie schon, mein Butterkügelchen, mein reizender Salatkopf«, schrie er selbst, »keine Angst, schießen Sie mir endlich den Hirnkasten entzwei. Wie bitte? Wollen Sie mir zu verstehen geben, daß Sie zu schlapp waren, Sie flachzulegen? Waren Sie so blöd zu meinen, die Sau sei anders als alle anderen? Sie haben sie also nicht splitternackt erlebt und sich selbst davon überzeugen können, ob Ihre Graciela drei Brüste in Form eines Dreiecks hatte, wie die Graciela aus meiner Heimat?«

Ich machte einen Schritt zurück, ließ aber meinen Blick nicht ab vom Lauf der Pistole. Mit aller Kraft packte ich mit der linken Hand den Knöchel der rechten, schloß die Augen und drückte ab. Der Schuß indes blieb aus, und als ich die Augen wieder aufmachte, stellte ich fest, daß aus der Pistole nur ein Gummipfropf herausgeflattert war. Dagoberto hatte sich wieder hingesetzt, brüllte vor Lachen und hielt sich den Bauch mit beiden Händen.

Während der Zug seine Fahrt wieder verlangsamte, lachte der widerliche Kerl immer noch mit aufgerissenem Maul, während ich dämlich umherstand. Schließlich hörte er auf zu lachen, nahm mir die Pistole weg und verstaute sie im Koffer.

»Sie haben also wirklich geglaubt, Sie könnten mich umbringen?«, fragte er mich.

»Ja«, flüsterte ich.

»Und wenn wir nun beide dazu verdammt wären, jahrhundertelang weiterzuleben?«, fragte er.

Mir fiel dazu nichts ein. Der Zug fuhr jetzt über ein paar Weichen und entsprechend langsam, fast im Schrittempo, vielleicht weil er auf grünes Licht zur Einfahrt in den Bahnhof von K. wartete.

»Wollen Sie wissen, wer wir sind, wir beide, Sie und ich?«, fragte Dagoberto, senkte die Stimme und warf vorsichtige Blicke umher, als fürchtete er, es könne uns jemand zuhören.

Bevor er es mir verraten konnte, war ich auf den Gang hinausgestürzt, rannte auf die Plattform und sprang aus dem Zug, der fast stillstand. Jetzt stellte ich fest, daß wir über eine Brücke mit einer Baustelle fuhren und daß es noch ziemlich weit war bis zum Bahnhof. Als der letzte Waggon die Brücke passiert hatte, nahm die Lokomotive Geschwindigkeit auf und im Nu verloren sich die roten Schlußlaternen in der Dunkelheit. Eine ganze Zeit noch schien mir, ich könnte aus der Ferne Dagobertos Gelächter hören. Dann fiel mir wieder ein, daß ich nur Unterhosen anhatte. Was danach passierte, war nicht mehr so wichtig.

JAVIER TOMEO
wurde 1932 in Quicena
in Aragon geboren und lebt
in Barcelona.

JAVIER TOMEO

Der Löwenjäger

»Lassen Sie sich an den Abgrund männlichen Bewußtseins führen – es ist eine außergewöhnliche Stunde.«
Verena Auffermann, Süddeutsche Zeitung
Quartheft 158. 112 Seiten

Die Taubenstadt

»Eine Prosa, die ganz frei von Manierismen ist und deren besondere Schönheit aus ihrer unbedingten Verständlichkeit kommt.«
El Pais
Quartheft 179. 80 Seiten

Das umstrittene Testament des Gaston de Puyparlier

Wie man eine verwackelte Liebesromanze kunstvoll mit literarischem Pulverdampf verhüllt, wie man die Wahrheit einer Geschichte mit schönster Präzision so lange zerredet, bis nicht einmal mehr ihr Schein erkennbar bleibt – für diese Kunst ist Tomeos Roman ein schönes Beispiel.
Quartheft 184. 128 Seiten

Der Marquis schreibt einen unerhörten Brief

»Wer einmal angefangen hat, der wird das Buch zuende lesen, nicht ohne erheitert, bisweilen sogar entzückt zu werden.«
Walter Boehlich, Süddeutsche Zeitung
SALTO. Rotes Leinen. 96 Seiten

Zoopathologie

»Tomeo schlägt in seinen Fabeln aus der Diskrepanz zwischen tierischem Äußeren und menschlichen Eigenschaften satirische Funken.«
Christian Huther, Der Tagesspiegel
Gebunden. Monotype Bleisatz und Buchdruck. 64 Seiten

Verlag Klaus Wagenbach Berlin

Unterhaltung in D-Dur
erschien als elftes Quart*buch* im März 1995

Die spanische Originalausgabe
erschien unter dem Titel *Diálogo en Re mayor*
bei Plaza & Janés, Barcelona

Der Einband verwendet eine Zeichnung des Autors. Gesetzt aus der Korpus Baskerville Book durch die Offizin Götz Gorissen, Berlin. Gedruckt auf chlor- und säurefreiem Papier und gebunden von Clausen & Bosse, Leck. Leinen von Herzog, Beimerstetten. Printed in Germany.
ISBN 3 8031 3111 1